W9-BQV-261

Fábula asiática

Rodrigo Rey Rosa

Fábula asiática

S

ALFAGUARA

Primera edición: noviembre de 2016

Printed in Spain – Impreso en España

ISBN: 978-84-204-2542-9
Depósito legal: B-19723-2016

Impreso en Unigraf, Móstoles (Madrid)

A L 2 5 4 2 9

Penguin
Random House
Grupo Editorial

Para Xenia, que me acompañó durante parte del trayecto. Para Pía, que tuvo que quedarse en casa.

Vi otra maravilla aún en el palacio real. Era un espejo grande colocado encima de un pozo medianamente profundo. Al bajar a este pozo podía oírse todo lo que los hombres y las mujeres dicen en la Tierra, y al alzar los ojos uno podía ver todas las ciudades y todas las aldeas, como si uno se encontrara ahí entre ellos.

LUCIANO DE SAMOSATA,
Historia verdadera, primer libro

Primera parte

El último domingo que pasó en Tánger, después de dar una plática sobre la nueva novela mexicana en el Salón del Libro, visitó el barrio de Suani, en la parte baja de Harún-er-Rashid. Iba en busca de un viejo amigo marroquí, artista y contador de cuentos, quien negaba conocer el año preciso de su nacimiento, alrededor de 1940, y a quien no había visto desde hacía casi tres décadas.

Tienes que visitar a Mohammed —le había dicho unos días antes, cuando hacía escala en París, un artista mallorquín con quien acababa de entablar amistad—. ¿Hace cuánto que no lo ves? ¡Es una lástima! Si lo encuentras, dale mis saludos.

La casa estaba en una callecita ascendente, la número once de aquella nueva y laberíntica medina, una entre tantas casitas de tres o cuatro pisos y paredes pintadas de blanco y celeste y, últimamente, alguna que otra también de rojo Marrakech.

¿Hace mucho tiempo, no, amigo?

Mohammed se llevó la mano a los labios antes de estrechar la del otro, luego se tocó el corazón.

Veinte años.

Un poco más.

Veintiséis.

El tiempo ya no existe —dijo Mohammed Zhrouni—. El mundo enloqueció.

En la sala, en el segundo piso, caminaron sobre alfombras sintéticas. Mohammed le ofreció asiento en una de las m'tarbas *alineadas a lo largo de las paredes, y luego, con parsimonia, se sentó del otro lado de la mesita circular en el centro de la sala y se descalzó para colocarse a lo largo de su propia m'tarba. Suspiró con placidez.*

Hamdul-láh.

Rahma, la segunda esposa de Mohammed (la primera había muerto años atrás) entró a servirles el té. Parecía joven todavía, su piel era clara, muy pecosa, y tenía el pelo rojizo de las rifeñas y ojos grandes y furtivos.

Hablaron un rato, como lo dictaba la etiqueta marroquí, de sus respectivas familias: todo estaba muy bien —aunque Mohammed era bastante pobre, y en su vejez había sido visitado por una serie de enfermedades.

Fátima, la hija mayor de Mohammed, se había ido con su esposo a vivir en Almería, desde donde, de vez en cuando, le enviaba un poco de dinero.

El segundo hijo, Driss, vivía en Tánger.

Un bicho malo —dijo Mohammed, y luego se rio—. No se deja ver. Tiene un taller mecánico en el camino de Achakar.

Estuvieron un rato en silencio, saborearon el té de menta, muy dulce, preparado por Rahma. Mohammed dijo que ya no bebía café, y también había dejado el kif, Hamdul-láh.

¿Recuerdas a John?

El otro asintió. Cómo no iba a recordarlo.

John Field, el artista y crítico norteamericano que pasó la segunda mitad de su vida en Tánger, había sido amigo y protector de ambos. A lo largo de los años había regalado a Mohammed papel y tinta china y luego lienzo y pintura para que desarrollara sus dotes de artista, además de sacarlo de apuros económicos de vez en cuando, como si hubiera sido un hijo o un pariente cercano; al otro le había proporcionado contactos en el mundo editorial para ayudarle a abrirse camino como escritor y traductor.

Bueno. Gracias a él mi hijo Abdelkrim está en problemas.

¿Problemas?

Mohammed se pasó una mano por la quijada, cubierta por una barba gris de pocos días. El otro escuchaba.

Abdelkrim, hijo de Rahma y Mohammed, no tenía veinte años todavía, pero era muy inteligente, y se había ido a vivir a los Estados Unidos.

Voy a pedirte un favor, amigo.

Sí, Mohammed.

Mohammed cerró y abrió los ojos.

No te preocupes, no voy a pedirte dinero —dijo.

Se puso de pie y cruzó la pequeña sala para llegar hasta una cómoda pintada de blanco y decorada con herrajes dorados. Abrió un cajón y extrajo una bolsa de plástico negra, cuyo contenido —varios casetes de audio y una tarjeta de memoria—, sin decir palabra, desplegó sobre la mesita redonda entre las m'tarbas, mientras el visitante lo observaba.

Yo no tengo amigos que sepan escribir —dijo por fin Mohammed, los ojos fijos en los casetes—. ¿Qué soy yo? Ualó. Nada. ¡Y tampoco quiero ser nada! Cuando tengas tiempo, amigo, oye lo que cuento ahí —miró al

15

otro, volvió a mirar los casetes—. Tú puedes hacer libros. Escribe este, si quieres.

¿Es la historia de Abdelkrim? —el otro quería saber.

Sí. Pero también es algo más. ¡Es muchas cosas más!

Claro —dijo el otro. Quería saber qué había en la tarjeta.

No sé lo que es, de verdad. Abdelkrim se la mandó a Driss. Driss me la trajo a mí. Yo no sé nada de estas cosas.

El visitante tomó la tarjeta entre dos dedos, le dio la vuelta, volvió a ponerla en la mesa.

¿Puedes ver lo que hay ahí? —preguntó Mohammed.

Pueden ser fotos —dijo—, quién sabe. ¿No tienes computadora?

No, no —Mohammed se rio—. Nunca he tocado una.

Él se quedó mirando los casetes y la tarjeta, que Mohammed volvió a meter con parsimonia en la bolsa para entregárselos.

Báraca l-láh u fik, Mohammed. Shukran b'sef.

Agradecía, sobre todo, la confianza que Mohammed le mostraba.

La shukran. Al-láh wa shib.

En Casabarata, la gran yoteia tangerina, todo seguía como treinta años atrás. Vendedores de todas las edades ofrecían sus mercancías sin ansiedad, haciendo gala de un lujo que por tradición se permitían: el del tiempo sin medida. Apilados entre pasillos bajo toldos de lámina o de caña, los productos del nuevo siglo (desde smartphones y lámparas led, pasando por cortadores de verdura de quíntuple filo, hasta lavabos o inodoros de fibra transparentes o de colores) convivían con cosas intemporales y cosas del pasado: máquinas de escribir, encendedores de mesa, saleros y pimenteros, zapatos y cinturones, espejos y marcos para fotos, valijas y mochilas, jarrones...; y los compradores en potencia examinaban la mercancía sin aparente interés. No tardó mucho en encontrar una grabadora Sony de casetera doble en buen estado. La tomó de lo alto de una torre torcida de grabadoras similares. Pidió al vendedor que la probara; un viejo casete de Oum Kalzoum sonó sin dificultad.

Grabadora al hombro, salió a la calle polvorienta, donde la gente pululaba a aquella hora. A pocos pasos de una mezquita en construcción encontró un taxi para volver a su hotel, donde lo primero que hizo fue comprobar que la grabadora siguiera funcionando. Después de tomar una cena ligera en el café de la esquina, volvió a su habitación. Organizó las cintas, que estaban numeradas, y se metió a la cama con la grabadora, dispuesto a escuchar.

El futuro de Abdelkrim

I.

Después de dar a luz a Abdelkrim, Rahma se puso muy enferma —dijo la voz de Mohammed proveniente de un casete muy usado, que comenzaba a rechinar—. Para traer al mundo a un niño hace falta un poco de dinero, y teníamos muy poco en ese tiempo. Fui a visitar a John, que vivía en el Monteviejo, por el camino de Sidi Mesmudi.

Villa Balbina, una casona de dos pisos, estaba rodeada por un jardín y un pequeño bosque que daban al mar. Descorrí el pestillo de hierro del viejo portón, y dos perros, uno blanco, uno negro, llegaron corriendo calzada arriba dando ladridos de alarma. Los perros me conocían, pero yo no les agradaba: era un rifeño, y los perros de los *nazara* siempre nos tuvieron miedo.

Junto a la entrada había una mata de carrizo. Corté una vara y luego empujé la hoja del portón, que se abrió con un chirrido. Los perros ya estaban a pocos pasos. Ladraban y mostraban los colmillos, pero fue suficiente alzar la vara para que dieran media vuelta y echaran a correr por donde habían venido.

Desde la terraza de piedra al pie de la alcoba de John, lancé un saludo de buenos días. No tardó en salir al balcón, amarrándose el cinturón de una de sus batas de seda —Mohammed pronunciaba *sida*—.

Alzó una mano y, en un tono entre burlón y solemne, dijo:

Salaam aleikum.

Era un perro ateo, pero me caía bien.

Aleikum salaam.

Entra —me dijo—. La puerta está abierta. Ya bajo.

Su español casi perfecto hacía olvidar que era un americano.

Entré en la sala de la chimenea, que estaba encendida todo el año, menos los meses de julio y agosto. En el bosque de John crecían pinos, cipreses y eucaliptos y la leña nunca le faltaba. Me senté en una m'tarba bajo colgaduras de colores, me recosté en los cojines para esperar a John. No tardó en bajar.

Hola, Mohammed.

Se sentó en su viejo sillón, cerca de la chimenea.

Hola, John.

Le he pedido a Leila que nos traiga té. ¿O prefieres otra cosa?

Té está bien.

¿Todo bien?

Todo bien.

¿Y Rahma?

El niño nació hace cinco días. Está bien.

Hamdul-láh.

Hamdul-láh.

Nos quedamos un rato en silencio. Él miraba por la ventana unas nubes que no se movían en el cielo, muy azul. Le decían «el pintor de nubes». Tal vez en ese momento recordaba a su mujer. Sufrió mucho, y él no pudo ayudarle a sufrir menos. A ella también le gustaba ver las nubes. El cielo marroquí es el más azul de todos, decía. Y sus nubes son las más hermosas.

Hay que hacerle su *aqiqah* —le dije.

¿Aqiqah?

Tú sabes muy bien lo que es, John.

Al ponerle nombre a un hijo hay que sacrificar dos carneros, o solo uno, si es niña. Yo tenía un pedacito de tierra, pequeño como la uña de un dedo, pero suficiente para tener gallinas, un burro, unas cabras y un par de borregos.

Todo está muy caro, John, pero hay que hacerlo.

¿Qué es lo que está caro?

Si quieres comprar un buen carnero, no te alcanza con lo que ganas en un mes.

Lo creo.

¿Puedes ayudarme, John?

Puso cara de infeliz.

Claro.

Al día siguiente en Mreier, donde tenía mi tierra, matamos un cabrito, que también vale y es menos caro que un carnero, y oímos música *jilala*. El imam vino, dijo unas palabras, y le pusimos a mi hijo el nombre de Abdelkrim. John no fue a la fiesta, pero cuando llegué a visitarlo unos días más tarde preguntó por el niño.

Es un buen nombre, Abdelkrim —dijo, mientras fumaba y seguía con los ojos las vueltas del humo de su cigarrillo de kif—. Como el líder rifeño, ¿no?

La próxima vez que fui a verlo llevé conmigo al niño.

¿Ya está? —me preguntó, después de mirar a mi hijo con interés.

¿Qué?

Operado.

Me reí.

Aquí lo hacemos más tarde. El niño debe darse cuenta —le dije—. Es importante. —Yo sabía que él estaba en contra. Intenté tranquilizarlo—. Si lo sabes hacer, es perfecto. Dentro de cinco años lo haremos.

Claro, claro —dijo con desagrado, y cambió el tema.

Debía preparar una reunión para un grupo de amigos que vendrían a verlo: galeristas y coleccionistas, amigos y admiradores de América y Europa.

Será mucha gente. ¿Tú podrías ayudarme?

¿Cuánta gente?

Unas setenta personas.

Setenta es un buen número, John. Setenta no es nada. Yo te ayudo.

John me compraba un cuadro al año, más o menos, y sus amigos, que venían a verlo de todas partes, sobre todo durante los veranos, eran también mis compradores. Podríamos decir que de eso vivía yo en aquel tiempo: de vender mis cuadros a los cristianos. Que Alá, el que perdona todos los pecados, me perdone.

II.

El tiempo no existe —continuaba diciendo la voz de Mohammed en el siguiente casete, tan desgastado como el primero—. Pasaron cinco años, y llegó el momento de circuncidar a Abdelkrim. Se acercaba el Mulud, el cumpleaños del Profeta, así que decidimos ir con el niño a nuestro *tchar* en el Rif. Antes de emprender el viaje Rahma y el niño fueron al *hammam*, y volvieron a casa con pies y manos decorados con alheña. Rahma vistió al niño con ropa nueva: zaragüelles y *casheb* blancos, un gorro de Fez con una estrella dorada de cinco puntas y sandalias de piel de cordero.

Yo conduje. Llevaba el dinero que John me había dado para comprar un toro y pagar al *tahar*.

En Sidi Ammar nos recibieron con alegría. Por la noche las mujeres dieron dinero a Rahma, como era la costumbre y lo es todavía, *Hamdul-láh,* y nos sirvieron cuscús en abundancia. El *musem* se celebra en una explanada a una hora de camino a pie desde el tchar. Para la fiesta levantan una gran tienda de tela negra, que cubre la tumba del santo. Había también gente de otras aldeas y por todos lados se oía el griterío de las mujeres.

Fui a sentarme en un café improvisado entre chumberas y ropa tendida, mientras Rahma, con el niño, compraba dulces y un poco de la carne de un toro recién sacrificado. Así se gastaba el dinero que había recibido. Luego llevó al niño a un sitio prohibido para los hombres, donde las mujeres se pintaban con polvos de raíces y con kohl.

Cuando comenzó la música los niños se pusieron en fila india mientras las madres lanzaban *uyuyuyes* y marcaban el ritmo, muy rápido, con sus palmadas. Poco después se oían los gritos y los llantos de los niños. Eran tantos y tan agudos que preferí alejarme y fui hasta un monte de rocas en un extremo de la explanada. Me senté a la sombra de un peñasco para fumar unas pipas de kif. Di gracias a Alá porque me permitió ahorrar los dirhams que John me había dado para el toro. Compartimos entre todos el costo del tahar, y eso estaba muy bien.

Cerré los ojos y me quedé escuchando el ulular de las mujeres y los llantos de los niños y los tambores y las palmas. Poco después, oí un agitarse de alas cerca de mi cara. Abrí los ojos. Un cuervo muy grande se había posado en una piedra a mi lado. Me miró primero con un ojo, luego con el otro. Le dije:

Salaam aleikum.

Oí entonces, pero dentro de mi cabeza:

Aleikum salaam.

Estuvimos mirándonos un rato en silencio. Volví a llenar mi pipa de kif.

Shnbi bghit? —le dije al cuervo, pero no contestó. Fumé la pipa, saqué el humo—. ¿Qué quieres?

Kulshi m'sien? —le pregunté—. ¿Todo bien?

Kulshi m'sien —volví a oír en el interior de mi cabeza—. Todo bien. ¿Sabes quién soy?

Sí —le dije—. Eres un amigo.

El cuervo abrió el pico y dio un graznido.

Tu hijo Abdelkrim tiene reservado un destino especial —¿o había dicho «espacial»?—. Todo el mundo conocerá su nombre —la voz del cuervo predijo en mi cabeza.

Hamdul-láh! —exclamé.

Ve, Mohammed —siguió el cuervo—, y recupera como puedas su piel. ¡Deja la pipa y ve, ahora! Antes de que la entierren.

Un poco confundido (¿el kif?), me dirigí hacia la tienda sobre la tumba del santo, y me abrí paso como pude hasta llegar a donde estaban Rahma y Abdelkrim. El tahar acababa de operarlo. Daba de alaridos, y Rahma lo consolaba. Habían puesto el anillito de piel ensangrentada en un pequeño tiesto, como sigue siendo la costumbre, lleno de tierra de la tumba del santo. Si alguien me vio tomarlo y guardarlo, no dijo nada. Era como si entre las mujeres yo me hubiera hecho invisible. El tahar, con sus pinzas y navaja de barbero, estaba muy concentrado operando al próximo niño.

Volví al lugar de sombra entre las rocas, donde el cuervo aguardaba. Abrí la mano. La piel cubierta de tierra y sangre era negra. El cuervo sacudió la cabeza, estiró su cuello tan largo como era, con el pico hacia lo alto, y yo comprendí. Tomé el anillo, carne de mi carne, y le quité el polvo y la sangre (una pasta) con cuidado y lo coloqué en el cuello del pájaro, que parecía que era azul de tan negro. ¡Un hermoso collar!, pensé. Y en ese momento el cuervo, con un grito que me pareció de triunfo o de alegría, emprendió el vuelo y se perdió más allá del monte de rocas coloradas.

Llené otra pipa de kif.

III.

La próxima cinta amenazó con atascarse (¿un rodillo defectuoso?); cuando siguió andando, aún podía oírse la voz.

¿1999? Muchas cosas pasaron ese año. Abdelkrim enfermó. Por poco muere. Le daban unas fiebres muy altas al amanecer y al anochecer. Una mañana, su madre me pidió que lo llevara al hospital. Fuimos al Hospital Español. Si lo traes más tarde, me dijo uno de los médicos, se muere. Tenemos que internarlo. Pero no hay que olvidar el dinero. ¿Puedes conseguirlo? Pues muy bien, Mohammed.

Dejé al niño con su madre en el hospital y subí al Monteviejo a ver a John. El perro blanco ya había muerto, y al negro le faltaba poco. Al sentirme llegar se levantó, dio unos ladridos y volvió a echarse en su jergón junto a la puerta de servicio.

Encontré a John tomando el sol en un extremo de la terraza, cerca de la gran palma canaria, sentado en una silla de mimbre, las piernas cubiertas con una manta. Estaba muy delgado.

Parecía contento de verme. Hacía meses que no lo visitaba.

¿Cómo estás, Mohammed? ¿Todo bien?

Todo bien, John. ¿Y tú?

Cerró y abrió los ojos.

Vivo, todavía. ¿Quieres sentarte?

Dio una voz y apareció un sirviente al que yo no conocía, un hombre alto y de piel oscura. Del Djebel, pensé. No me gustó su cara. John le pidió que me alcanzara una silla.

Este es Abdelwahab —dijo John—. Mohammed es un amigo.

Bienvenido —dijo Abdelwahab.

Yo me senté y el *djibli* fue a la cocina a preparar el té.

¿Cómo está Abdelkrim? —preguntó John. A veces era como si me leyera el pensamiento.

Le conté que lo había llevado al hospital temprano por la mañana. Él entendió.

Bebimos el té mientras el sol subía en el cielo y el calor aumentaba en la terraza. Abdelwahab llegó con una *sineya* para recoger los vasos y luego ayudó a John a levantarse de su silla.

Ya vuelvo, Mohammed —me dijo—. Puedes esperar aquí, o si prefieres pasa al salón.

Uaja.

John entró en la casa del brazo del djibli y yo me levanté y di unos pasos por la terraza. Más allá de la bahía de Tánger podía verse el Djebel Musa, de color gris claro, como un camello echado.

Hamdul-láh, pensé.

John y el djibli regresaron unos minutos después. John volvió a sentarse en su silla cerca de la palma y esperó a que el otro desapareciera para extenderme un sobre y decir:

Para que cures a Abdelkrim. Espero que alcance.

De vuelta en el auto abrí el sobre. Estaba lleno de billetes de cien dirhams.

En cosa de dos semanas los doctores curaron a Abdelkrim. Un virus, dijeron. Y yo no volví a ver a John hasta el año 2001, en septiembre. John era de Nueva York, pero la última vez que estuvo allí las Torres Gemelas no existían todavía.

Esta vez Abdelwahab me hizo pasar al salón, que estaba lleno del humo de la chimenea, y me dijo que esperara allí. Al poco rato llegó para anunciar que John iba a recibirme en uno de los cuartos del piso principal, donde guardaba cama.

¿Cómo estás, John?

Como ves. Pero siéntate.

Me senté a los pies de su cama.

Es increíble —dijo—. Están locos.

¿Crees que habrá guerra?

Pero ya hay guerra, ¿no?

Eso no lo hizo un musulmán. Imposible —le dije.

¿Cómo?

Créeme, John. Eso lo hicieron los judíos.

Se rio, pero no le había hecho gracia lo que dije.

Claro, un judío llamado Mohammed Atta y otro...

Te lo juro, John. Son judíos.

No me lo parecen. Ni tampoco el jefe, cómo se llama, Bin Laden.

Al-láh hu á lam —le contesté—. Alá lo sabe todo.

Muchas cosas dejaron de ser como eran por aquellos días. Es verdad que el mundo estaba enloqueciendo, y yo ya no entendía nada. Pero ya estamos cerca del final, del día en que Alá arreglará todas las cuentas.

Abdelkrim tenía once años y su madre insistía en que debía ir a la escuela. No solo al *mçid,* adonde ya iba, sino a otra donde pudiera aprender un oficio que le ayudara a salir de la pobreza. Quería que llegara a ser ingeniero, abogado o doctor. Algo, decía. Yo estaba en contra, pero le di la libertad. John nos ayudó a inscribir al niño en la Escuela Americana, que está en Harún-er-Rashid.

Antes de que ingresara en la escuela, yo solía llevar conmigo a Abdelkrim cuando iba de pesca a Achakar, por las cuevas de Hércules, donde el mar se estrella contra las rocas. Salíamos muy temprano, antes del amanecer, con cañas y cordeles y pescadilla del mercado para preparar la carnada. Ya sentados sobre las piedras, Abdelkrim me ayudaba a triturar los pescaditos para convertirlos en una pasta, que yo mezclaba con un poco de arena para hacerla pesada y echarla al agua. El olor atraía a los peces. El mar hacía remolinos y espuma y murmuraba a nuestros pies, mientras yo le contaba a mi hijo historias fantásticas y también historias verdaderas. Con la escuela, estas cosas terminaron.

Yo seguí yendo de pesca cuando hacía buen tiempo, pero ahora iba solo con mi pipa de kif. El mundo se había vuelto loco y a mí el mundo ya no me gustaba. Ya casi nunca buscaba a los amigos. Pero Rahma estaba contenta porque el niño estaba sano y sus notas eran muy buenas.

Va a aprender mucho —me decía—. Él nos va a cuidar mejor que nadie cuando seamos viejos, Mohammed.

Yo no decía nada.

Una mañana que estaba pescando en el lugar de siempre, un cuervo muy grande llegó a posarse a mi lado en una roca. Era un pájaro hermoso.

Salaam aleikum, le dije.

Pensé para mí: Este tiene que ser el rey de los cuervos. Era grande. Sus garras parecía que estaban hechas de acero, y el pico, de cristal. Pero su plumaje, ¿cómo lo voy a describir? Era tan negro que cuando la luz cambiaba (la luz tiembla todo el tiempo cuando fumas) despedía brillos verdes y azules. Sus ojos eran dorados. Le dije:

¿Eres tú el mismo pájaro que vi en Sidi Ammar?

El pájaro extendió las alas, que eran enormes.

¡Escucha! —Oí, como había oído en Sidi Ammar años atrás, en el interior de mi cabeza, con gran claridad—: No olvides mis palabras, que en lo que voy a decirte te va la vida a ti y a toda la ciudad.

Contesté con una ligera inclinación.

Tu hijo menor, Abdelkrim, fue escogido por Alá para hacer grandes trabajos. Tú, que eres el padre, debes entender esto. Debes servirle como si fuera tu señor. Obsérvalo siempre, y encárgate de que se cumplan todos sus deseos, hasta el menor. Haz esto que te digo, pero hazlo en secreto. Ni siquiera el muchacho ha de saber que la voluntad de Alá, el Señor de Todo, es que tú y la raza de los tuyos, pero tú el primero, sean sus seguidores. El aire y las nubes, los vientos del Norte y del Sur, del Este y del Oeste serán como hermanos para él, como lo son para mí.

Oí una risita de mujer a mis espaldas, y luego la voz de un hombre.

Ashi, ashi, habibti.

Volví la cabeza, pero esos dos estaban ocultos entre las piedras.

El cuervo se lanzó al aire y desapareció entre las rocas y el mar.

Recogí el cordel y vi que los peces se habían llevado la carnada. Tiré al mar los restos de pescadilla y me preparé para volver a la ciudad. Pensé en subir a lo alto de las piedras para avergonzar a los fornicadores. Que Alá los juzgue. Los dejé estar.

Conduje de vuelta a Tánger por Mediuna, donde los niños venden piñones a la orilla del camino. Compré medio kilo, con la intención de preparar esa tarde uno de los postres favoritos de Abdelkrim.

IV.

Ligeramente distorsionada por la cinta, la voz de Mohammed continuaba:

El tiempo, nuestro gran amigo, nuestro gran enemigo, parece que no se detiene nunca, aunque no exista. Esa es la voluntad de Alá.

Una tarde Rahma me dijo:

Mohammed, tenemos que ir a la escuela. El director quiere hablarnos.

¿Pasa algo malo?

Creo que van a darle un premio a Abdelkrim.

Uaja, dije. Alá es grande.

Recordé lo que me había dicho el cuervo.

Estábamos en el gran despacho de Mr Collins, el director. En una de las paredes colgaba un retrato suyo vestido de marroquí, chilaba blanca y babuchas amarillas, con un fondo de cielo azul y nubes esponjosas. Era uno de los cuadros de John.

Tswir—dijo, mirando su retrato—, ¿no te parece?

Rahma estaba muy contenta. *Hamdul-láh, hamdul-láh,* repetía.

Yo estaba incómodo. Por mucho que fuera el director de la escuela y hubiera sido, como decían, amigo de Hassan II y también de su hijo, el nuevo sultán, Mr Collins tenía fama de borracho de fin de semana, y su debilidad por los muchachos era conocida. Abundaban las historias de sus juergas y sus líos. Tenía un vozarrón y a menudo soltaba unas grandes carcajadas por las que se había ganado el apodo de *l-H'mar,* el Burro. Nos invitó a sentarnos. Miró a Rahma, me miró a mí.

¿Cómo estás, Mohammed? —me dijo en español.

Bien, Peter. ¿Y tú?

¿Cómo está nuestro querido John?

Hace tiempo que no lo veo.

Deberías ir a verlo. Yo estuve con él el domingo. Preguntó por Abdelkrim, y por ustedes dos. Piensa en ustedes.

Uaja, lo iré a ver.

Muy bien.

Volvió a mirar su retrato con aprobación. Luego habló.

Les he pedido que vinieran para hablar del futuro de Abdelkrim.

Rahma asintió, toda oídos.

Es un muchacho extraordinario, ustedes deben saberlo. Como padres de alguien así tienen una responsabilidad espacial.

Rahma me miró, alzando las cejas.

Es alguien con una cabeza única, eso es todo —continuó Mr Collins—. Como Rahma ya sabe, ha obtenido este año las mejores notas, no solo de su clase o de su grado, ni las de los últimos años, sino las mejores de toda la historia de esta escuela!

Me miró con expresión seria.

Mohammed —me dijo—, yo no sé qué piensas tú de estas cosas. Nosotros las tomamos muy en serio. Yo mismo he pedido que Abdelkrim pasara una batería de pruebas. Hace cosa de un mes mandamos los resultados a una universidad en Massachusetts para conocer la opinión de los expertos. Pues bien, resulta que ahora, allá, están muy interesados en conocer a Abdelkrim.

Hizo una pausa, como a la espera de comentarios. Miró a Rahma, me miró a mí.

Pues que vengan a conocerlo —dije—. *Marhaba bikum.* Son bienvenidos.

Sí, Mohammed. Ya han venido. Están aquí. Y ya han hablado con Abdelkrim. ¡Están todavía más impresionados! Dicen que quieren llevarlo a América, no inmediatamente, pero pronto, con el permiso de ustedes, para que continúe sus estudios, unos estudios especiales, muy especiales, para otros muchachos como él, en una escuela especial americana.

Dije no con la cabeza.

Peter, muchas gracias, pero no.

Mr Collins miraba a Rahma, que asentía.

Mohammed —me dijo Mr Collins—. Quiero que ustedes dos discutan esto con calma antes de que digas no. ¿De acuerdo?

Uaja —dijo Rahma.

Está bien —dije yo, y me levanté.

Gracias, Mohammed —Mr Collins extendió la mano para darme un apretón enfático. Me toqué el pecho, y él agregó—: Te felicito. Tu hijo es genial. Un regalo de Alá.

Báraca l-láh u fik —dijo Rahma. Se besó la mano y la extendió a Mr Collins—. *Shukran b'sef.*

La shukran, Al-láh wa shib —dijo él con su fuerte acento americano.

Atravesamos el despacho, volví a mirar el retrato que John había hecho de Mr Collins, muy farruco, vestido de marroquí con el cielo y las nubes en el fondo. *Zamil,* pensé.

¡Mohammed! —me gritó Mr Collins desde su escritorio cuando Rahma y yo estábamos por cruzar la puerta—. Tienes que ir a ver a John un día de estos. Yo creo que no está bien.

Uaja —dije.

Dale mis saludos.

Uaja.

Rahma no habló hasta que estuvimos en el auto.

Mohammed —me dijo al subir—, tenemos que pensar muy bien en lo que haremos. No por nosotros, no por mí ni por ti, sino por Abdelkrim.

Asentí con la cabeza. Dije *Bismil-láh* y encendí el auto.

En el nombre de Dios —repitió Rahma—. Él es el que sabe.

Fue por esos días cuando los americanos ahorcaron a Saddam Hussein, antiguo amigo suyo. Ellos son así, y Saddam hizo mal en confiar en ellos.

Le hablé a Rahma de lo que pasaba en el mundo. Le recordé la primera guerra del Golfo. La hicieron —le dije— para engañar al público. Lo que querían era petróleo, y que la historia del presidente Clinton con la Lewinsky quedara en el olvido.

La otra guerra del Golfo —seguí— la hicieron porque querían más petróleo, y, de paso, quedarse con los tesoros de Irak. Dijeron que Saddam tenía armas para destruir el mundo, pero no las encontraron porque era mentira que las tuviera.

Rahma —le dije—, así son ellos, y está bien. Pero no les podemos creer.

Tienes razón —contestaba ella. Pero insistía en que debíamos pensar en Abdelkrim.

¿Y Abdelkrim —me preguntaba yo— qué pensaría? No quería preguntárselo.

Ve y habla con John —me dijo Rahma—. A ver qué piensa él.

V.

John estaba sentado en su sillón de la sala marroquí del primer piso, rodeado de visitantes. Tenía las piernas cubiertas con una manta de lana, como acostumbraba últimamente, y la cabeza echada hacia atrás. No le vi mala cara. Hizo las presentaciones. Dos viejas pintoras, una de París, la otra de Nueva York. Un profesor de Boston, Massachusetts. Un periodista alemán. Un joven escritor mexicano.

Siéntate, Mohammed —me dijo John, y fui a sentarme en la m'tarba cerca del mexicano.

Llegó el djibli y le pedí café y saqué mi pipa de kif.

Los otros hablaban en francés y en inglés. Se dirigían casi siempre a John. El mexicano, a mi derecha, no decía nada. Sus ojos iban de un hablante a otro y, si no les entendía, era como si quisiera captar lo que decían con la mirada. Le ofrecí de fumar y aceptó.

La mujer de Nueva York quería comprarle a John uno de sus cuadros recientes, parte de una serie que él había pintado en la cama mientras se recuperaba de una neumonía. Eran vistas tormentosas, los cielos cubiertos de nubarrones que se ven en invierno en el Estrecho entre las columnas de Hércules. Djebel Musa aquí, Djebel Tarik en España. La francesa quería mostrarle a John unos dibujos que había estado haciendo esa semana en la Medina.

Ella fue quien mencionó el nombre de Saddam; después la otra dijo que esperaba que algún día capturaran a Osama bin Laden.

John le dijo al mexicano:

A mí me gusta la idea de ese hombre escapando de los americanos a caballo por el desierto a la luz de la luna. Podría ser un buen cuadro, ¿no?, si, digamos, Delacroix lo hubiera pintado.

El mexicano asintió. Riéndose, dijo:

¿O Rousseau?

A las pintoras no les hizo gracia. ¿Por qué romantizar a un terrorista? ¿No era un gran terrorista, Bin Laden?

Sí —dijo John—. Nosotros lo entrenamos.

Las pintoras cambiaron el tema para decirle a John que al día siguiente volverían a visitarlo, un poco más temprano, para tenerlo a solas. Luego las dos, seguidas por el alemán, se despidieron. Nos quedamos el profesor de Boston, el mexicano, que estaba ya muy fumado, y yo.

¿Cómo está Abdelkrim? —John me preguntó.

El profesor me clavó la vista con sus lentes grandes y redondos. Era un hombre delgado, tenía los hombros caídos y una jorobita apenas visible.

¿Abdelkrim? —dijo, y miró a John—. ¿El mismo Abdelkrim?

El mismo —dijo John—. Este es su padre, Mohammed.

Ah, muy bien —dijo el profesor, que hablaba español.

Este señor —me dijo John— me ha estado explicando que tu hijo es maravilloso.

Lo miré de lado, chasqué la lengua y dije:

Qué voy a decirte, John. Es un jovencito. Los jovencitos son casi todos maravillosos.

Bueno, sí —dijo John.

El mexicano contuvo la risa. Lo miré y reí con él.

No, no —dijo el profesor—. Ese muchacho es único. No hay que confundirse.

Sin mirar al profesor le dije a John:

Hay personas que creen que saben más que los otros porque han estudiado en los libros y en la universidad. Pero la sabiduría verdadera no está en los libros. Está aquí. —Me puse una mano en el pecho, del lado del corazón—. Alá la pone ahí. Los libros son para los que tienen vacío el corazón y tal vez también los sesos. Tienen que llenárselos con algo.

Tú te los estás llenando de humo —dijo el profesor en inglés y en voz muy baja, pero le entendí.

Le dije a John en *dariya*:

Cuando este hijo de carroña se vaya, podemos hablar.

Uaja —dijo John.

Llamó al djibli para pedirle que encendiera el fuego en la chimenea. El profesor se puso de pie para decir adiós. El mexicano, *mkiyif,* no reaccionó. Cuando el profesor salió, John nos ofreció más té.

VI.

Guardamos silencio mientras Abdelwahab encendía el fuego. Usó demasiadas hojas de eucalipto, como era su costumbre, y la sala se llenó de humo. Abrí una ventana del lado opuesto a la puerta para que el humo circulara y poco después el aire de la habitación volvió a ser respirable y las llamas se movían alegremente en la chimenea.

El mexicano había vaciado ya su taza de té. Me reí de él y le dije:

Así beben el té los *djebala.*

¿Los *djebala?*

Los del monte. Del Djebel. Como ese —dije, mirando en dirección a la cocina, donde estaba Abdelwahab.

Los rifeños no los quieren —dijo John—. Y ellos no quieren a los rifeños.

El mexicano se sonrojó.

Ah —dijo, y se quedó un rato mirando su taza vacía.

No importa —le dije—. Pero es mejor tomarlo despacio y tener siempre un poco en la taza para acompañar el kif.

John asintió.

Los grandes fumadores dicen eso —le dijo al mexicano.

El *deqqa,* lo llaman —agregué—. Algo caliente y con bastante azúcar. Evita que el humo te dé náuseas. Si no lo tomas, puedes vomitar, o desmayarte. Te lo juro.

Yo lo he comprobado —dijo John.

Es bueno saberlo —dijo el mexicano. Y un momento después—: Ustedes tienen cosas importantes de que hablar. Yo me retiro. —Se puso de pie.

No, amigo —le dije—. Puedes quedarte. Por favor.

El mexicano miró a John, y John, contento, asintió con la cabeza.

Gracias —dijo el mexicano, y volvió a sentarse y se echó para atrás en la m'tarba, en actitud de escuchar.

Dije un momento después:

John, tú qué crees. ¿Por qué Abdelkrim les interesa tanto a los americanos?

Ah —dijo John, mirando delante de él—. *Manarf.* No lo sé.

John, tú, eso, sí lo sabes.

No, de verdad. Pero parece que tu hijo tiene una cabeza extraordinaria. Eso les interesa mucho a los americanos, seguro.

¿Su cabeza?

Su seso.

Negué con mi cabeza, haciendo una mueca.

Es raro. Es muy raro —dije—. De verdad. De niño yo era igual a él. Y sus hermanos, los de la otra madre, también eran muy inteligentes. No llegaron muy lejos. *Hamdul-láh.* Pero Abdelkrim es el más listo.

Pero los otros no fueron a la escuela —dijo John.

En la escuela —le dije— empiezan los problemas.

Miré al mexicano, que movió de arriba abajo la cabeza.

Boko haram —dijo, sonriente—. Es verdad.

Es verdad —repetí—. ¿Recuerdas, John, ese cuervo que a veces me habla?

Sí, lo recuerdo —dijo John.

Y yo conté la vez que fue a visitarme en las rocas mientras pescaba.

Fantástico —dijo John.

Increíble —dijo el mexicano.

¿Y qué piensas hacer?

No sé.

Right-o —dijo John.

Pero si quieren llevárselo a América —dije un momento después— van a tener que darnos mucho dinero.

Dinero tienen —dijo John—. Eso es seguro.

VII.

El tiempo no existe. Hoy estamos aquí y mañana, quién sabe —dijo la voz de Mohammed en el último casete—. Los americanos se llevaron a Abdelkrim a Massachusetts, no solo por el dinero. Él quería irse. Me lo dijo, por el nombre de Alá.

Rahma le hablaba a veces por Skype. Nos contó que tenía un amigo nazareno. Griego, creo. ¡Que Alá nos perdone!

Terminó sus estudios de ingeniería, y siguió con electrónica y ya no sé qué más. Al año entró en una escuela de aviación. Yo no entendía nada de eso, pero Rahma me explicaba. Si las cosas iban bien —le había dicho Abdelkrim—, le darían la nacionalidad americana y pronto se convertiría en astronauta.

Yo no creía, ni creo, en nada de eso. Que los americanos llegaron a la Luna para mí es propaganda americana. Una mentira, nada más.

John se iba poniendo más y más débil, y yo ahora lo visitaba con más frecuencia. No me gustaba ver cómo el djibli lo maltrataba y le robaba.

Hamdul-láh —decía John. Como si hubiera sido musulmán.

Moribundo, seguía trabajando, ya casi solo en la cama. Pintaba celajes todavía. Pintó el último el día de su muerte. Un sol pálido pero muy grande, como visto con lupa, como se veía la tarde en que murió, una semana antes de que los americanos abatieran a Osama bin Laden en Abbottabad.

Buyulud

I.

El sonido de una chirimía llegaba a través del aire nocturno hasta su habitación. Pensó en Buyulud, mezcla encarnada del dios Pan y el chivo expiatorio marroquí. Una vez al año, el antiguo espíritu de la fecundidad, todo cubierto de pieles de cabra y armado con dos ramas de adelfa o de olivo, salía a las calles con su cortejo de chirimías y tambores para sembrar el pánico entre niños y mujeres, hasta que, todos juntos, se volvían contra él y lo perseguían para expulsarlo del pueblo. El cuento de Mohammed podría ser el principio de un libro, se dijo a sí mismo el mexicano. ¡Le gustaba verse incluido! Era demasiado tarde y estaba demasiado cansado ya para ponerse a revisar el contenido de la tarjeta. Dejó la grabadora en el suelo al lado de su cama, apagó la luz de la mesa de noche y, cruzando un brazo sobre la cara, se durmió.

Despertó más temprano que de costumbre, pensando en Abdelkrim. ¿Cuánto de invención habría en esa historia?, se preguntaba. ¿A qué venía? Desayunó con rapidez en la cafetería del hotel, y volvió a la habitación, donde, en lugar de hacer la anotación habitual en su diario, encendió su viejo PC. Introdujo la memoria, pero usaba un formato incompatible con su sistema. Hizo clic en «Cancelar». No pasó nada. Sacó la tarjeta y la pantalla le dijo: *Error!*

En busca de una computadora para leer la memoria, anduvo hasta la antigua calle Velázquez, cuyo nuevo nombre árabe no recordaba, y entró en una *téléboutique*.

Necesita un Mac, y aquí no tenemos —le dijo la chica que atendía, después de introducir la tarjeta en una de las computadoras del local; igual que él, tuvo que forzar la salida.

Después de un almuerzo ligero en el jardín de un hotel de la avenida Al Istiqlal, anduvo hasta el Zoco de los Bueyes, en lo alto de un collado que domina la ciudad. Paseó un rato por la vecindad. Los grillos, los perros, algún burro, los autos y sus bocinas; a lo lejos, un petrolero que cruzaba el Estrecho; y el continuo silbar del *cherqi* —todo eso parecía igual que treinta años antes. Bajó al fin por la calle Imam Kastalani y, con un sentimiento extraño, mezcla de nostalgia y alegría, siguió dando pasos más lentos, se fue acercando a un viejo edificio de cinco pisos, donde vivía una de sus antiguas amistades tangerinas.

Antes de llamar a la puerta de un apartamento en el último piso, mientras recuperaba el aliento (el ascensor no funcionaba), oyó voces en el interior. Un hombre daba gritos en dariya —parecía que hablaba por teléfono— mientras Carrie, su amiga, le pedía que le ayudara a mover un mueble en la sala.

Quien abrió tenía una boca de labios gruesos rodeados de bigotes y barba de varios días, y sus orejas puntiagudas, bajo unos rizos que comenzaban a ponerse grises, recordaban las de un sátiro.

¡Rubirosa! —exclamó, tendiéndole los brazos al mexicano—. *Marhaba bek! Dghol, dghol.*

Ah, Buyulud —dijo él, bromeando—. Oí la chirimía anoche. ¿Eras tú? Por eso estoy aquí.

Buyulud, maestro de la *rhaita* y el *guimbri* marroquíes, era el líder de una banda proveniente de un tchar al sur de Tánger, donde el mito preislámico sobrevivía. Decía la leyenda que había hecho grabaciones con Mick Jagger y los Rolling Stones. La norteamericana se había casado con él y hoy era mánager *ad honorem* de la banda.

Se dieron un abrazo.

Carrie, mira quién vino —dijo Buyulud en inglés.

Carrie, fotógrafa neoyorquina, tangerina por adopción, vestía pijama todavía y parecía que acababa de despertar. En la sala, le dio un abrazo al visitante y sendos besos en las mejillas. Luego lo invitó a sentarse, y ordenó a Buyulud que preparara el té.

Hace mucho que no venías, Rubirosa —comenzó Carrie, quien le puso aquel apodo en respuesta al de Buyulud, que él había puesto a su marido—. ¿Cómo has estado? Nos contaron que estabas en Tánger. No sabía si íbamos a verte.

El mexicano hizo un resumen de su vida en los últimos diez años —había visto a Carrie y a los músicos en Nueva York en el 2011, cuando dieron un concierto en Central Park. Llevaba cinco libros publicados desde entonces. No podía quejarse, dijo. Se había casado en el 2012 y en el 2014 se había divorciado. Lo invitaron ese año al Salón del Libro tangerino y por eso estaba allí. Luego les contó su encuentro con Mohammed el día anterior y, a grandes rasgos, la increíble historia de su hijo, Abdelkrim.

Carrie y su esposo se miraron entre sí.

Mohammed y Buyulud no son amigos —dijo ella con una sonrisa.

Es un ladrón —dijo el fauno marroquí.

Yo no sé —aclaró ella—. Han tenido problemas. Ya sabes, Rubirosa. Los rifeños odian a los del Djebel, y viceversa. Pero nos han hablado de Abdelkrim. Dicen que es un genio.

¿Un *djinn*? —exclamó Buyulud, y soltó una carcajada.

Mientras él les explicaba la historia del muchacho la fotógrafa se puso a tomar fotos. A sus sesenta años conservaba un cuerpo y una energía casi infantiles. Corría de un lado para otro en busca de distintos ángulos con su cámara digital.

Mi PC no puede leer esa memoria. No he logrado leerla —le dijo el mexicano.

Carrie sugirió que intentara abrirla en su computadora, una Mac. Buyulud introdujo la tarjeta y esta vez la memoria se abrió. Había tres documentos Word y una serie de imágenes. (Entre ellas, una calavera con las tibias; Buyulud dijo que no le gustaba.) El primer documento estaba escrito en magrebí con caracteres árabes. Era una carta de Abdelkrim a su hermano Driss fechada en Andover, Maine —dijo Buyulud, y comenzó a leer.

Se detenía de vez en cuando y exclamaba en su espeso inglés:

Incredible!, Porfirio. What is this shit!

Estaba seguro de que todo aquello era una invención (las clases de Abdelkrim en la universidad de Massachusetts, el amigo griego, que además de aprendiz de astronauta parecía que era millonario, o billonario), y le decía:

You are crazy, you know?

Y soltaba más carcajadas antes de seguir leyendo las cartas o correos electrónicos enviados por Abdelkrim desde los Estados Unidos, mensajes cuyo contenido —el mexicano estaba convencido— los padres de Abdelkrim (analfabetos) no debían de conocer.

Ningún problema, Rubirosa —le dijo Carrie al final—. Tú eres mi hermano, ¿no? Tómala, úsala, y me la devuelves cuando hayas terminado tu trabajo, que parece fantástico. Mañana o pasado mañana está bien. De todas formas, tenemos otra. Y todo lo importante está en la Nube.

Buyulud preguntó si necesitaba que lo llevaran a algún sitio.

Hacía poco —dijo cuando el visitante intentaba declinar el ofrecimiento— habían comprado en España un Mercedes-Benz prácticamente nuevo. Si él quería, incluso le permitirían conducirlo. Terminó por aceptar, pero aclaró que prefería no conducir.

Buyulud lo llevó en su Mercedes casi nuevo por las calles de Tánger, que estaban atestadas de autos y de gente. A la puerta del Hotel Atlas se despidieron con un abrazo y besos en ambas mejillas.

B'slemah.

B'slemah.

Aljamía

I.

¡Yimma, Ba!

Espero que con la protección de Dios ustedes estén felices de estar en la Tierra. Los extraño muchísimo. ¡Si no fuera por la voluntad de Alá estaría cerca de ustedes!

No nos permiten usar Skype por el momento. Por seguridad, nos dicen.

Desde mi apartamento, que está en un lugar elevado, puedo ver el mar. Un rayo de luna juega en la superficie, y pienso en Ba, que me contaba historias fantásticas y cómicas cuando me llevaba a pescar desde las rocas.

Es de noche y estoy por tumbarme en la cama después de un largo día de estudios y ejercicios. Estudiamos la calidad del viento. Cada capa de aire es diferente, nos dicen.

¡Solo Alá lo sabe todo!

Los extraño.

II.

Yimma,

¡ya tengo que rasurarme la pelusa de las mejillas!

La última vez que hablamos me preguntabas si en este lugar, adonde me trajo la voluntad de Alá, el misericordioso, no me siento solo. Si he podido hacer amigos.

A Ba le preocupa, me dijiste, que haga amigos entre nazarenos y judíos y otros infieles. Él ha oído que es pecado tener esa clase de amigos, aunque él los haya hecho, porque Ba trabajó para los nazarenos de Tánger casi toda su vida. Supongo que lo que has oído es lo que oye la gente que escucha a los imanes de Suani y de Emsallah, quienes, por lo que me cuentas, son sabios y santos.

Aquí, aparte de estudiarlo todo sobre la gran bola del mundo y sobre los otros planetas, me permiten estudiar también el Libro. Dedico por lo menos una hora diaria a leerlo. Es hermoso, en verdad, el Corán. Acerca de los amigos encontré unos versículos (2:62) que tal vez te gustaría oír, si alguien tuviera la bondad de leértelos:

Los que creen, sin duda, los que practican
el judaísmo y sabeos y cristianos,
todos los que creen en Dios y en el Último

*Día, los que hacen obras buenas, de ellos
no hay que temer, y ellos no serán afligidos.*

Tal vez podrías preguntar a los imanes y que te digan, según ellos, qué significan.

III.

Tengo un nuevo amigo. Es descendiente de un príncipe del tiempo en que Marruecos aún no existía y estaba poblado de leones y tribus salvajes, o al menos es lo que dice. Además de matemático, este príncipe era astrónomo, estudiaba el sol y las estrellas, las lunas y los planetas. Fue el primero en dividir el año en trescientos sesenta y cinco días de veinticuatro horas (más cinco horas, cuarenta y seis minutos y veinticuatro segundos).

Te hablaría de otra ciencia que debemos estudiar para convertirnos en pilotos, y, si Alá lo quiere, en astronautas. Es la ciencia que estudia las sombras (las hay oscuras y blancas), los triángulos, las pirámides, las esferas. ¡Pero no quiero aburrirte!

Xeno es, sobre todo, un gran amigo. Me ha dicho que cuando tengamos vacaciones quiere hacer una parada en Tánger, camino de Atenas, donde nació, para conocerte a ti y a Ba. Me ha pedido que le enseñe el árabe y en unos días ha aprendido los números y el alfabeto. Ahora nos escribimos en inglés usando letras árabes para que nadie más pueda entender los mensajes que intercambiamos. Y me enseña, por su parte, el griego.

IV.

Queridos todos,

hoy les escribo desde un lugar muy al sur de Massachusetts llamado Merritt Island, en la Florida, donde el calor es muy húmedo, llueve en cualquier momento y el aire está lleno de insectos. *Hamdulláh!*

Como le dije a Yimma hace unos días por Skype, yo y otros veintitantos estudiantes fuimos seleccionados entre miles de aspirantes para seguir un programa especial de la NASA. En pocos meses más, nacionalización mediante, nos habremos convertido en auténticos astronautas. (Es posible que me den la nacionalidad honoraria, por ser un «Alien of extraordinary ability». Así se la dieron a Albert Einstein y a otros *aliens.*)

¿Recuerdas, Yimma, cómo Ba decía que eso de que el hombre había puesto los pies en la Luna era una mentira, propaganda de los americanos, que querían igualarse a Dios para ser admirados por encima de todos los hombres? Quienes aseguran tales cosas están equivocados. Alá nos hizo inteligentes y audaces y capaces de grandes obras porque le place ver cómo sus criaturas pueden reconocer y conquistar no solo la bola del mundo sino todo el Universo!

V.

Hoy es un mal día, Driss.

Les había dicho que iban a darme la nacionalidad americana. Hoy recibí la carta en la que me la deniegan. ¿Por qué? ¡Soy demasiado musulmán!

No voy a volver a casa todavía. Los mantendré informados.

Los extraño.

Segunda parte

Jenofonte

Jenofonte tiene defectos notables: no es exhaustivo en la recolección de datos, es olvidadizo y margina hechos de primera importancia. Cuenta las cosas desde su propia perspectiva.

Wikipedia, 26/06/2016 a las 11.00 h.

I.

Saltó del caique al muelle de concreto de Parzé-
ni, en la isla de Leros (la de las colinas mustias y los
molinos de viento, y el asilo de alienados), donde el
mar, muy agitado, se mezclaba con el cielo. Mientras
las olas sacudían el caique, recibió en tierra el pesado
maletín de cuero de su padre, que habían cargado con
una variedad de medicamentos comprados en las
dos únicas farmacias de Patmos, la isla vecina, antes
de embarcar. El capitán Dimitri gritó por encima del
silbido del viento y el restallar de las olas: ¡A las siete!
Stis epta! Epta!, y, con un golpe de timón, alejó el
caique del muelle.

Un enfermero negro (cruz y creciente rojos)
aguardaba en el muelle. Invitó al doctor Galanis y a
su hijo a montar en un pequeño jeep inglés. Xeno se
sentó en el asiento trasero, inclinado hacia adelante
para escuchar la conversación de su padre con el
enfermero.

¿Cuántos? —preguntó el doctor Galanis.

Treinta y cuatro. Ayer fueron casi cien. Meningitis. Se están volviendo locos todos a la vez.

¿Qué clase de meningitis?

El enfermero se encogió de hombros. Epidé-
mica —dijo.

No es posible que sigan viniendo así.

No vienen porque quieren —dijo Xeno.

Hay que hacer algo para que ya no quieran venir —replicó el enfermero.

Bombas biológicas —dijo el padre mirando, a su derecha, unas manchitas color naranja que oscilaban en la distancia. La más cercana se convirtió de pronto en una línea de puntos del mismo color, que se transformaron en varias docenas de pasajeros envueltos en chalecos salvavidas—. Es lo que son.

Ahora había pocos alienados en el hospital, explicaba el enfermero; los habían evacuado, salvo a los incurables, después de «los escándalos». (Se refería a ciertos artículos de la prensa europea aparecidos unas décadas antes, en los que se denunciaba el deplorable estado del psiquiátrico de Leros, llamada por los diarios «la isla de los locos».) A los inmigrantes enfermos los estaban ubicando en el pabellón 16 —una especie de gran piscina techada, con suelo de cerámica y paredes muy altas.

¿Usted conoce el hospital? —preguntó el enfermero.

¿Están expuestos al sol?

Hay un área de sombra. No es un lugar atractivo —agregó el enfermero—. En el centro del suelo se mezclan la mierda y las sobras de comida. Apenas hay coberturas. Cero colchones. Tenemos solo un plato para cada cinco o seis personas y un vaso para cada diez. Así por lo menos hay menos cosas que fregar.

¿Cuántos médicos hay?

Hoy, solo usted, doctor. Ya no hay antibióticos, ni analgésicos, ni siquiera aspirinas. No hay mucho que hacer.

La antigua prisión italiana, convertida en tiempos en asilo mental y hoy en asilo para refugiados, se extendía en el centro de un valle poblado de sauces. A la puerta del asilo —un alto portón de metal— había un guardia, que los dejó pasar casi sin mirarlos.

¿Mascarillas?

El enfermero volvió a encogerse de hombros. Él tenía su mascarilla, dijo; la sacó de un bolsillo de su bata.

Atravesaron el patio principal, bajo altas arcadas italianas. Un grupo de ancianos incurables estaban tendidos en el suelo para recibir en el cuerpo unos rayos de sol que apenas calentaban. A las puertas del pabellón 16 el doctor Galanis se detuvo. Sacó una mascarilla de su maletín para dársela a Xeno y, usando una venda de gasa y un pañuelo, fabricó otra para él mismo.

La saliva es muy peligrosa —dijo—. Cúbrete bien la boca y la nariz. No te la quites hasta que salgamos.

Ya.

Se colocaron las mascarillas.

En el pabellón 16 había migrantes de todas las edades; estaban tumbados a lo largo de las paredes, muy cerca unos de otros, para darse calor. El olor de sus cuerpos y sus desechos era como una materia grasosa que penetraba en las narices pese a las máscaras con la sutileza de un gas. Xeno tuvo que contenerse para no vomitar.

El doctor encendió una minilinterna. La luz es muy molesta si tienes meningitis —dijo.

Claro, papá.

En un rincón debajo de una ventana muy alta con vidrios velados estaban los recién nacidos y los lactantes con sus madres. El doctor, después de calzarse guantes de látex, se había arrodillado frente a una mujer que tenía en brazos a una niña de dos, tal vez tres años. Abrió el maletín, sacó un estetoscopio. La expresión concentrada de su cara al auscultar a la niña, y luego mientras le palpaba el cuello, las axilas, el vientre, no decía nada bueno. La niña parecía no darse cuenta de nada. El doctor le hizo acostarse de lado en el suelo, le dobló las rodillas para ponerla en posición fetal, con la barbilla tocando el tórax. Sacó del maletín un rollo de algodón aséptico y tomó un pedazo, que mojó con alcohol para limpiar la espalda de la niña. Dejó caer en el suelo la bolita de algodón ennegrecido. El enfermero le dio una patada para enviarla hacia el centro del cuarto. El doctor se volvió a Xeno, pidió una jeringa. Necesitaba tomar una muestra de fluido cerebroespinal. Una punción lumbar. Harían un cultivo. Pero antes debían anestesiarla, dijo.

A la luz de la linterna vio que la madre de la niña tenía ambos brazos cubiertos de manchas rojinegras; parecían hematomas causados por golpes.

Habría que amputar cuanto antes los miembros infectados —dijo el doctor.

Tenemos sierras. Hay bastante alcohol —dijo el enfermero— y esponjas. Pero nada más.

El enfermero hablaba, además de inglés, turco y árabe sirio; se encargaba de pedir a los niños que se incorporaran y quedaran sentados de espaldas contra las paredes. El doctor Galanis comenzó a administrar medicamentos, que pronto faltarían. Aquello era, más que una medida terapéutica, un acto caritativo. Xeno ayudó a colocar pedazos de cartón debajo de las quijadas de los niños, para que intentaran mantenerlos allí haciendo presión contra el tórax. Quienes no lo conseguían eran apartados y conducidos a uno de los baños colectivos, donde permanecerían aislados.

El doctor se sacó de un bolsillo un tubito de gel de alcohol. Se desinfectó las manos, invitó a Xeno a hacer lo mismo.

II.

Fue en la biblioteca del monasterio amurallado de San Juan el Teólogo en la isla de Patmos donde uno de los monjes se dio cuenta de que Xenophon Galanis tenía una mente prodigiosa. A los siete años ya podía leer los manuscritos en griego antiguo (siglo XI) sin gran dificultad. Aquel verano, había adquirido la costumbre de pasar las primeras horas de la mañana interrogando volumen tras volumen en monástica calma, mientras los otros niños de su edad preferían jugar en las playas o navegar en los caiques o los yates de sus progenitores. Por la tarde, cuando algún crucero arribaba al pequeño puerto de Skala, al niño alegre y un poco mofletudo, de ojos grandes y mirada amable, le gustaba servir de guía para quienes subían a Khora a visitar la santa cueva con la grieta en el muro, donde San Juan dictó su alucinada visión del fin del mundo hacia el año noventa y cinco de nuesta era. La cueva quedaba cerca de la casa de sus padres y los monjes que la explotaban eran sus amigos.

Creo que el niño quiere formar parte de nuestra Congregación —dijo un día el abad del monasterio a la madre de Xeno, coleccionista de arte de ascendencia inglesa.

Se equivoca, señor abad —dijo ella con una mezcla de orgullo y buen humor—. ¡Quiere ser santo!

A eso me refería —fue la presuntuosa y sibilina respuesta del abad, un griego de la cercana isla de Kos, amable, corpulento y barbudo.

A los nueve años, sin embargo, durante una cena familiar en la casa de Khora, Xeno reveló que pensaba estudiar historia del arte. Su hermana mayor, a quien él veneraba, había hecho lo mismo y ahora era curadora de arte bizantino en un importante museo londinense.

Su padre objetó.

Es una ocupación maravillosa, mi querido Xeno. Perdona que yo te lo diga, pero hay cosas más aptas para un muchacho como tú. Lo entenderás un poco más adelante.

Xeno no lo contradijo; su madre y su hermana se abstuvieron de hacer comentarios. Cenaban en la terraza del pequeño jardín, que dominaba la parte sur de la isla. Una nubecita solitaria, redonda, muy blanca, subía en el cielo levemente purpúreo del Oriente, opuesta al sol que se hundía en el Egeo.

Parece que tenían un sistema de alarmas —dijo el niño— controlado por los monjes. Era una red que enlazaba los monasterios, que también eran fortalezas, para avisar a las poblaciones de la presencia de enemigos. Piratas venecianos o berberiscos o lo que fuera. Así podían impedir sorpresas. La red se extendía entre Constantinopla, Jerusalén y Roma, y cubría varias islas del Dodecaneso, como Patmos y Leros. Había monasterios a cada cincuenta o setenta kilómetros. El horno del monasterio no servía solo para hacer el pan. —Xeno volvió la mirada a lo alto de la colina, donde se alzaba el monasterio de

Khora, fundado en el siglo XI, que dominaba la isla y era, junto con la cueva del Apocalipsis, su imponente emblema.

¿También para quemar infieles? —bromeó la hermana.

Para hervir el aceite que dejaban caer por las esclusas —precisó la madre.

Viene a ser lo mismo —dijo el padre.

Es posible que lo usaran para hacer señales de humo. En uno de los libros de la biblioteca, copiado por un escriba del siglo XI que había sido eunuco de un conquistador abasí y luego se hizo monje —Xeno prosiguió—, está la primera noticia de la derrota de los romanos en Manzikert, que nadie previó. Los monjes la difundieron. En nuestro monasterio hay dos chimeneas en los cuartos de la artesa de amasar, como en muchos otros. Entre las chimeneas hay un crisol incorporado a la base del horno. El abad cree que lo usaban para preparar un pigmento de cinc.

¿Y consta en ese libro? —preguntó su hermana.

Hay residuos de cinc en la piedra. Podían producir humo blanco —siguió Xeno—. Era cosa de que un monje estuviera observando el horizonte a determinadas horas y en determinada dirección. Usarían una especie de código Morse. Alguien debía observar. Alguien debía estar ahí a ciertas horas.

Su hermana se rio. Dijo:

¡Bravo! Parece obvio. Cuando cayó Constantinopla dicen que en Roma se enteraron de inmediato. Tres horas, ¿con la diferencia horaria...? ¡Debió de ser un día muy despejado en toda esa parte del mundo! ¿Sabes qué se oye todavía en Roma?

¿De los católicos? —dijo el padre con cierto desdén.

Que el Papa recibió la noticia por una visión —siguió ella—. Una visión mística. Es más probable que la recibiera por telégrafo óptico. ¡Muy bien!

No lo dudo —dijo el padre, y acarició afectuosamente la cabeza del niño prodigio—. Habrá que tenerlo en cuenta en el futuro, para el día en que deje de haber internet.

A los doce años los intereses de Xeno viraron hacia las matemáticas. Había sobresalido desde sus inicios en el Byron College ateniense, y consiguió ingresar en la escuela de matemáticas de Cambridge, Inglaterra. Leyó con Griffiths («No Consecutive Heads») y con George («Testing for the Independence of Three Events»). Un año más tarde fue admitido en la East Anglian Rocketry Society. —Gracias a Dios por nuestro abuelo inglés, comentó la hermana cuando Xeno le dio la noticia.

Más adelante, viajó a Boston para ingresar en el MIT, donde siguió cursos de aerodinámica, astronomía y astronáutica.

III.

Durante un ciclo de conferencias sobre la futura colonización de los Puntos de Lagrange en la Universidad de la Singularidad en Silicon Valley, Xeno conoció a Abdelkrim, hijo de Mohammed Zrhouni, el marroquí. Aunque los orígenes de estas mentes singulares difícilmente podrían haber sido más distintos, los dos concordaban en muchas respuestas a algunos problemas inherentes a los viajes espaciales tripulados. Sobre la base de esas afinidades teóricas, los jóvenes basaron una amistad estrecha y gratificadora. Ambos habían sido contratados para trabajar temporalmente en un laboratorio del Centro de Investigación Ames, en Mountain View, California, y así pudieron convivir y desarrollar algunas ideas durante meses de constantes discusiones. ¿Para qué servía todo el conocimiento que era posible acumular por medios naturales y artificiales —se preguntaban a veces, ya en plena mística— si no se lograba para la humanidad un grado mínimo de sufrimiento material? ¿Era justificable, en términos éticos, la prolongación de la vida humana cuando parecía evidente que la humanidad había entrado en un período terminal de desintegración y destrucción? (No estaban lejos los atentados de Bruselas y París.) ¿No podían imaginar, para la especie humana, unas circunstancias en las que la muerte inesperada por el fuego pudiera ser una benéfica liberación del infierno de la vida? ¿Era posible concebir el deseo de una eutanasia universal? «¿Sería lícito desear la aniquilación, moralmente, o estamos condenados, por lealtad, a querer que la especie humana continúe, sin importarnos la cantidad de sufrimiento que sea necesaria?», Xeno recordó una carta de Bowles, leída la víspera; y luego dijo:

¿No sería mejor retroceder, tecnológicamente, hasta el punto en que se encontraba la humanidad en la Edad Media, para recomenzar y tomar un camino menos violento?

Yo iría más atrás —replicó el marroquí—. Habría que volver hasta la Edad de Piedra.

Una tarde, paseando en el 4x4 de Xeno por el camino de Tassajara, se alejaron más de lo acostumbrado por los senderos desérticos y retorcidos, y se desorientaron. Habían probado un poco de cannabis local *(Purple Helmet)* —no volverían a hacerlo— y de vez en cuando, sin motivo aparente, estallaban en alegres carcajadas. Refiriéndose a *La Eneida,* cuya lectura Xeno le había recomendado algunos días antes, Abdelkrim citó la escena de la prueba de destreza convocada por Eneas, en la que un joven guerrero lanza al cielo una flecha con tal fuerza que, mientras se eleva, parece que se incendia y desaparece en el espacio.

¿Sabes qué defecto he encontrado en ese libro? —preguntó luego.

Xeno negó con la cabeza.

¿Recuerdas el final?

Turno, jefe de una tribu itálica y enemigo mortal de los troyanos, vencido en batalla, pide perdón a Eneas.

«Reprime ya tu odio», le dice. ¿Recuerdas qué hace Eneas?

¿Contesta algo?

Sí. Y le clava la espada en el pecho a Turno.

Bueno, lo tenía merecido.

Perdonarlo habría mostrado una grandeza como no se había visto nunca.

Cierto —dijo Xeno—. Me pregunto si Virgilio lo pensó.

Al doblar un gancho del sendero labrado en el costado de la montaña de roca —hablando de la posibilidad de lanzar independientemente de los grandes poderes su propia nave espacial (el sueño de todo astronauta que aspirara a ser algo más que un simple chofer de superlujo, como decía Xeno)—, vieron en la montaña de enfrente, lejana, pequeña, la figura de un hombre que se movía sobre las rocas.

No hay que olvidar el dinero —había dicho Abdelkrim.

Xeno, como si no hubiera oído, dijo:

Enfriar el calor producido por la fricción es el problema. Y también es la solución. Ese calor es energía, tanta cuanta necesita el propulsor.

El hombrecito se había acuclillado. ¿Estaba cortando una planta? ¿Escarbaba? Xeno puso el auto en neutro y lo detuvo en la parte alta de una hondonada.

Está cortando algo. ¿Pero quién es?

Abdelkrim sacó un par de binoculares de la guantera del auto. Siempre estaban allí.

Era un colega. Se especializaba en observar cuásares y púlsares, Abdelkrim lo reconoció. Se llamaba Matías Pacal. Le pasó los lentes a Xeno.

En ese momento, de estar iluminado por los rayos de un sol en declive, Pacal pasó a ocupar un punto al borde de la sombra, la vasta curva de la noche que avanzaba desde el horizonte. Cambió de posición para mirar hacia el Sureste y se acostó de espaldas en el suelo.

Xeno devolvió los binoculares a la guantera.

El iPod de Abdelkrim estaba sonando: gaita marroquí y *darbukas,* los pequeños tambores cilíndricos de cerámica y membrana de piel de cordero que tocan las mujeres djebala. El cielo rojo había oscurecido, y a cada segundo una decena de estrellas surgían más allá de las montañas negras en el Este.

Un objeto brillante cruzó el espacio por encima de sus cabezas, y tanto Pacal como Xeno y Abdelkrim lo vieron moverse de Norte a Sur en la exosfera. Xeno explicó mecánicamente: era un satélite de vigilancia, que daría la vuelta a la Tierra unas catorce veces al día en su órbita polar. Ellos también estaban siendo observados.

Recordó la plática que Pacal había dado sobre la precisión de las predicciones de eclipses en sociedades pretecnológicas, como la maya y la dogón. Después de la conferencia, en una cena de honor, se habían presentado. Y más tarde, andando de vuelta hacia el Hotel Avante en el centro de Mountain View, Pacal contó que había sido contactado por un agente chino para trabajar en un proyecto espacial. Querían diseñar cohetes capaces de colocar satélites de alrededor de cien libras en una órbita baja por un costo inferior al millón de dólares. Xeno, que había oído hablar del proyecto, predijo:

Eso va a irse al traste antes de lo que piensas.

Está en el lugar más oscuro —dijo Xeno, mirando hacia donde estaba el cortador de yerbas, que seguía de espaldas en el suelo.

Se apearon del 4x4, un mini Range Rover gris, y la arena crujió bajo sus zapatos tenis mientras bajaban por el camino entre los agaves. Volvieron a subir del otro lado de la hondonada, y el cielo estrellado se abrió de nuevo sobre sus cabezas.

Matías Pacal, que los oyó llegar, esperó a que estuvieran a pocos pasos para ponerse de pie. Su cara redonda despedía un brillo resinoso en la oscuridad.

Salaam aleikum —dijo Abdelkrim, y el otro inclinó ligeramente la cabeza.

Buenas noches.

Abdelkrim quería saber si Pacal buscaba algo en el campo.

No. Estaba asegurándome de que no hubiera culebras en el sitio donde me acosté. Quería ver el cielo.

Cuando Pacal tenía cinco o seis años, su familia vivía en una casita de adobe en un valle de origen volcánico. En esos días no había ni alumbrado público ni corriente eléctrica en muchos kilómetros a la redonda. Su padre, maestro de mecánica en la escuela agrónoma de Bárcenas, en el altiplano guatemalteco, solía despertar al niño de madrugada, y salían juntos de la casa cuando todavía estaba oscuro para mirar las estrellas. Mirar las estrellas es mirar el pasado, decía mi tata, que era ateo —les dijo Pacal—, igual que yo. Era un lugar alto, a unos dos mil metros sobre el nivel del mar, y en las noches sin luna había en el cielo un manto luminiscente que a Pacal, de niño, le infundía un terror religioso.

Daba miedo —dijo— ver tantas estrellas.

Fue el año en que explotó el transbordador espacial Challenger (1986) y el año en que volvió el cometa Halley. Pacal aseguraba haberlo visto en la oscura noche guatemalteca con un pequeño telescopio que su padre le había regalado.

Es —le diría Xeno a Abdelkrim un poco más tarde— un hijo de la oscuridad.

A los ocho años, cuando vio las fotos que hizo el Voyager de Urano, Matías Pacal decidió que quería ser astrónomo. Leía las revistas científicas que podía conseguir su padre, que lo animaba y le asistía en sus estudios en la modesta medida de sus posibilidades. Era una familia pobre, más cercana a la base que a la cúspide de la pirámide guatemalteca. Su madre, maestra de escuela rural como el padre, había muerto cuando Pacal tenía trece años, pero el adolescente había conservado su recuerdo con determinación. Vos vas a llegar muy lejos —había vaticinado la mujer, que solía practicar la astrología maya.

Al terminar sus estudios —les contó Pacal— ingresó en la Universidad Popular, donde estudió física pura, pues la astronomía era una carrera inexistente en aquel tiempo en Guatemala. Consiguió, con notas sobresalientes, una beca para estudiar astronomía en la Universidad Autónoma de México. Un año más tarde, reclutado por DARPA (la Agencia de Proyectos de Investigación Avanzados de Defensa), había hecho prácticas en Green Bank, Virginia. A punto de graduarse como radioastrónomo, otro cazador de cabezas le había ofrecido un puesto en la ESA (European Space Agency) para observar púlsares (las estrellas de neutrones, remanentes de explosiones de supernovas, «del tamaño de la Ciudad de Guatemala» —le gustaba ilustrar a Pacal—, que giran sobre sí mismas varios cientos de veces por segundo, y son los imanes más poderosos que hay en el Universo) desde las llanuras de Westerbork, Holanda.

«La ESA comenzará a perder personal en favor de países como China, que tienen fondos más generosos. Se prevé que van a darse cada vez más contratos paralelos para investigadores que quieran pasar parte del tiempo en otros países, donde probablemente tendrán más recursos y mejores laboratorios» —había dicho Pacal al final de su conferencia. Era verdad, pensaba Xeno. Y esos laboratorios, ay, eran financiados por los grandes fabricantes de armas.

De las personas que le había tocado conocer en el Nuevo Mundo, Pacal era la más extraña, escribió Xeno en un e-mail a su hermana Nada. Los mayas —decía Pacal, que más que el maya típico, según Xeno, parecía polinesio, aunque tenía piel clara— habían llegado a Centroamérica desde la China miles de años atrás. Ellos, y no los españoles, habían descubierto América. Esto parecía discutible, a juzgar por el aspecto de Pacal, redondo, compacto, cejijunto. Conocía y escribía el idioma chino (aseguraba que en su país había en la actualidad tantas escuelas de mandarín como de inglés) —escribió Xeno.

Aunque en lo que se refiere a religión las creencias sincretistas de Pacal eran una aberración a los ojos de Abdelkrim, como buen musulmán lo toleraba, pero no le daba la razón.

Tú das limosna —le había dicho a Xeno— y luego te desinfectas la mano que tocó la del pordiosero.

¿Había heredado de su padre esa obsesión por la limpieza? Sin duda lo había visto a él hacer el gesto que Abdelkrim le echaba en cara.

En el Libro está escrito que nosotros —decía el marroquí—, los que profesamos la verdadera fe, tenemos el deber de ser comprensivos y tolerantes, y confiar en que, con la ayuda de Alá, podremos persuadir a los que no han tenido la suerte de crecer en nuestra fe, para que reciban la miel y la leche (más dulce que la mejor miel, más rica todavía que la leche materna) del islam.

Se sentaron en el suelo como los hombres del desierto. Solo hacía falta el té, comentó Xeno. Luego mencionó a un posible antepasado maya de Pacal, Pacal el Grande, cuyo sarcófago fue descubierto en el Templo de las Inscripciones, en Palenque. El cosmonauta maya, lo llamaban algunos. Pacal se rio y negó la posibilidad de parentesco. Naturalmente, hablaron de las posibilidades de viajes espaciales mediante métodos que prescindieran de combustibles fósiles y de energía nuclear, como lo habrían hecho... ¿quiénes? Un propulsor que usara agua como combustible para alcanzar el espacio exterior, y luego, oxígeno líquido...

¿No sería posible —había sugerido Pacal— usar un volcán como caldera para convertir agua en energía?

Ya estamos muy *mkiyif*—advirtió Abdelkrim.

En lugar de escandalizarse por las ideas que los distinguían, el marroquí sunnita, el griego ortodoxo y el guatemalteco ateo habían tomado como punto de referencia el firmamento, en cuya relación podían parecer casi iguales.

Para nosotros —dijo Abdelkrim, después de que otro satélite de vigilancia pasara por encima de sus cabezas— hay un tipo de ignorancia que es prerrequisito para obtener el estado de gracia. Ustedes se encargarán de diseñar la máquina, de trazar los mapas. Yo, de hacerla volar y llevarla a su destino.

Pacal miró al cielo. No dijo nada.

La cosa sería —continuó Xeno— deshabilitar el mayor número posible de sistemas satelitales en las órbitas bajas, medias y en la geoestacionaria y, luego, o simultáneamente, los principales enlaces de cables interoceánicos. Es decir: el caos. Para neutralizar el mal causado, y prevenir el que podrían provocar los Estados, cualquier Estado, convendría retroceder algunos siglos, técnicamente hablando.

¿La cosa es el caos? —dijo Pacal.

Lo dejaron bajarse del 4x4 frente al Hotel Avante.

Debían mantenerse en contacto —dijo al despedirse, y fue la primera vez que Xeno lo vio sonreír— para seguir hablando de cómo destruir el mundo.

IV.

El último invierno que pasó en Patmos, Xeno fue asaltado por una serie de dudas. Aunque la fe religiosa le parecía necesaria, le resultaba insuficiente, le dijo al abad cuando lo visitó. El anciano estaba postrado en su lecho de muerte, ambos lo sabían.

Tú podrías ocupar mi lugar, si quisieras —dijo el abad, apretando la mano de Xeno, que devolvió el apretón sin decir nada. Movió afirmativamente la cabeza.

La isla estaba casi desierta. Las colinas, muy verdes, aquí y allá cubiertas con mantos de amapolas rojas o de margaritas, vibraban entre los azules del cielo y el mar que espejeaba en el fondo. Demasiada belleza, pensó Xeno, para un día tan triste. Recordó sin motivo un barrio pobre de Boston, que visitó recién llegado al MIT.

Ahora Xeno, caminando por las angostas callecitas entre las casas de piedra blanqueada de Khora, de vuelta de la fortaleza bizantina del monasterio, evitaba pisar las líneas pintadas entre lastra y lastra, como lo hacía desde niño. Andaba deprisa, pero era una prisa sin objeto —no tenía que estar en ningún sitio— y sus pasos resonaban entre las piedras como las pulsaciones de un instrumento de percusión.

No mentir, no matar, dar a los necesitados. Esas fueron las últimas palabras que oyó decir al abad.

Todos los actos —los buenos, los malos, aun los actos indiferentes— tenían un efecto doble. ¿Cuál era el objetivo de sus acciones últimamente? Sintió de pronto, con la fuerza de una revelación, que tenía un trabajo especial que llevar a cabo durante su estadía en la Tierra. Y la piel se le erizó con una sensación que rayaba en lo voluptuoso, seguida de un escalofrío. ¿Era el espíritu del otro, que acaba de morir, que había entrado en él?, se preguntó.

El ritmo de su andar le infundía ánimo, y el declive favorable eliminaba la posibilidad de cansancio. Quizá pecaba de arrogante; quizá para sentir lo que sentía era necesario ver las cosas desde su posición elevada. «No hay que esperar que el Señor venga de la tierra, sino del cielo», había escrito Juan en su libro. ¿No podía Xeno, dos mil años más tarde, transformar su propio mundo —desde el cielo? ¿Era imposible, se preguntó a sí mismo mirando el mar desde un recodo del camino, vencer de vez en cuando el mal? Abajo estaba un palomar desvencijado, varias palomas zureaban y revoloteaban por allí. Debía ser posible terminar, al menos, con la violencia *física*. (El sufrimiento era otra cosa y quizá eso no podía tener fin.) Algo así debieron de sentir Buda, Jesús, tal vez incluso Marx. Yo también fracasaré, se dijo a sí mismo, y las campanas de cinco tamaños diferentes del campanario de San Juan el Teólogo sonaron en ese momento. Fue como si la melodía, familiar como un juguete viejo, lo hubiera transportado a una nueva dimensión. Lo sintió como los animales sienten esas cosas, con un estremecimiento.

En la pequeña tienda de abarrotes se detuvo para comprar frutas y verduras antes de volver a casa. Vio, en la portada de un diario, la foto de un africano —una foto bien encuadrada: un viejo de piel oscura (pantalones blancos, camiseta roja), tendido entre dos policías de pie, vestidos de negro, sobre la arena color crema bajo un cielo despejado en la isla de Kos. «Ahogado sorprende a turistas», decía el titular.

No era aceptable que en el momento presente hubiera *tanto* sufrimiento material en el mundo. Cierto exvendedor de vídeos piratas nacido en Jordania, consumidor de drogas y con un halo de perdedor, había fundado un califato sangriento (cuya causa directa habían sido las acciones bélicas del gobierno estadounidense contra la nación iraquí, como sabía todo el mundo), que instigaba masacres religiosas y que se había expandido desde Oriente con un éxito tan inexplicable como inesperado. (En solo un año, casi un millón de personas habían huido de Siria y de Irak para buscar refugio en Europa, amenazadas por el éxito meteórico del nuevo califato.) Hoy, los Estados más poderosos apenas lograban contener la expansión, o garantizar la seguridad de sus ciudadanos, y esto no le parecía ningún misterio a Xeno. La industria bélica era semejante al Uróboros, la gran serpiente que termina devorándose a sí misma, comenzando por la cola. La fabricación y venta de armas parecía necesaria para el sustento de la economía de los países poderosos (Estados Unidos, Inglaterra, Rusia, Francia, Alemania y los demás) y de la forma de vida de la gente que vivía en ellos, gente que estaba acostumbrada a sentirse protegida por sus gobiernos, más allá de las ideologías. Para que estas economías no se desplomaran, los poderosos debían vender armas a sus propios enemigos, a quienes ya no podían controlar, y quienes ahora atentaban ¿por razones ideológicas? contra la vida de los habitantes de esos países con los medios que ellos mismos, los poderosos, habían fabricado. La imagen del suicidio colectivo de la raza humana cruzó por su cabeza. Alguien había escrito que las obras de los hombres serían la causa de su extinción, Xeno no lo olvidaba. «De las tinieblas de antros secretos han de surgir quienes sembrarán el peligro y la muerte y dejarán a la humanidad postrada en grandes tormentos. A quienes se sometan a su ley les otorgarán, después de hartos sacrificios, algo de placer; a quienes se nieguen a seguirlos, la muerte. Harán que los hombres traicionen a los hombres, harán que aumente el número de los malvados y los incitarán a matar y a robar. Unos desconfiarán de sus propios partidarios, otros esclavizarán ciudades que eran libres. Oh seres monstruosos, cuán mejor habría sido para el hombre no haberos sacado del infierno....» Da Vinci hablaba aquí, enigmáticamente, de los metales; y, pensaba Xeno, el hombre, que los había extraído de la Tierra, estaba aniquilándose a sí mismo, al mismo tiempo que los lanzaba a ellos al cielo... «Y no hay duda de que los muertos serían más —decía en otro acertijo el florentino, refiriéndose a las corazas— si otros cuerpos sin alma no surgieran de las entrañas de la Tierra para defenderlos».

V.

En el 2014, una agencia espacial rusa había propuesto la construcción de un sistema para eliminar buena parte de la basura espacial que flota en las órbitas bajas y medias, enviándola a una órbita cementerio a mayor altura que la geoestacionaria para que las carcasas suspendidas en el espacio se fueran alejando de la Tierra en un movimiento de espiral. El costo sería de unos tres mil millones de dólares, según la agencia. Sobre esta base, Xeno concibió un proyecto en apariencia demencial, y, sin embargo, realizable. Ni los fabricantes de armas ni sus clientes podrían sobrevivir a la revolución que, con ayuda de la suerte y un círculo amigos, Xeno pensaba iniciar.

Su proyecto, *su misión,* era crear tres vastos anillos de destrucción alrededor de la Tierra. Una nave estacionada en uno de los Puntos de Lagrange (donde un objeto pequeño, afectado solo por la gravedad, puede mantenerse estacionario respecto a dos cuerpos más grandes, como la Tierra y la Luna) podría hacer el trabajo que Xeno vislumbraba: un pequeño apocalipsis tecnológico en las órbitas bajas y medias y, finalmente, en la geoestacionaria. Los anillos de la Tierra —había dicho Xeno, sintiéndose inspirado. La nave estaría dotada de un pequeño radiotelescopio, similar al Hubble, hecho para detectar púlsares y cuásares, pero mucho menos potente y programado para detectar y perseguir satélites de comunicaciones, de vigilancia o espías. AWACS, incluso. «Automatic target recognition», citó Pacal. Con un láser de potencia media podría hacerse el trabajo, era seguro.

Habría que intentarlo —había dicho Xeno aquella noche en el desierto. La palabra «apocatástasis» apareció ante sus ojos.

¿Y una detonación nuclear en cierto punto de la órbita sincrónica para crear un pulso electromagnético? Eso haría más daño en menos tiempo —sugirió Abdelkrim—. Sería más económico.

Xeno objetó: no quería usar armas nucleares, por principio. Además, quien hiciera detonar la bomba estaría condenado a muerte. No era ese el mensaje que querían transmitir.

No hay que olvidar el dinero —repitió Abdelkrim; él estaba dispuesto a inmolarse, insinuó.

Xeno sacudió la cabeza. No aprobaba esa clase de mártires.

Sería su gran obra: *Los anillos de la Tierra*.

Habría que inutilizar cientos de satélites (entre unos cien y mil millones de dólares cada uno) en un lapso de veinticuatro horas. Lo convertiría en mártir, esta idea —se dijo a sí mismo con un temblor de piedad, mientras miraba el mar desde el jardín de su terraza.

Era necesario conseguir las partes esenciales para el esqueleto de fibra de carbono; la camisa de cerámica (resistente a temperaturas extremas), las capas de material refractario, el motor —el reactor de aire y el enfriador de oxígeno: la parte más complicada (se trataba de enfriar el aire de mil grados a ciento cincuenta en una fracción de segundo). Llevarían las piezas a Turquía —tal vez—, o a México, para ensamblarlas en una exposición de arte espacial en algún nuevo museo con dinero, imaginaba Xeno. Una *performance*. Algo como la instalación del *Skylon* en Londres en los años de posguerra[*].

En Patmos se estaba mejor en invierno, a pesar de la lluvia, escribió a su madre, que insistía en que tomara el ferri al Pireo para pasar el Año Nuevo con la familia en Atenas.

---

[*] El *Skylon,* una escultura de aluminio en forma de puro diseñada por Moya, Powell y Samuely, fue el símbolo del Festival Nacional de Gran Bretaña de 1951. Con una altura de noventa metros, estaba sostenida solamente por cables de acero a orillas del Támesis en el South Bank de Londres. Un año después Churchill mandó retirarla. Se vendió como chatarra para hacer ceniceros. *(N. de la E.)*

VI.

Aquella primavera Xeno se doctoró en Mecánica de Fluidos por la Universidad de Stanford. Fue el año en que leyó «Fábula asiática» en una revista española cuando hacía escala en Madrid en su vuelo de Boston a Atenas, camino de Patmos, a finales del mes de mayo. Y también fue el año en que el proyecto chino en que trabajó Pacal —como predijo Xeno— se vino abajo.

La madre de Xeno daría un banquete para un grupo de veraneantes, algunos de ellos propietarios de casas en Patmos, o posibles compradores —o vendedores— de obras de arte (muy, muy caras), y los amigos habituales.

La señora Galanis había amanecido de excelente humor. Mandó a Assia, la cocinera búlgara, en un taxi a buscar pescado en Grikos, una aldea de pescadores. Ahora estaba revisando la lista de invitados. Tenía un diagrama mental frente a ella y los iba colocando alrededor de la mesa imaginaria según un plan que conjugaba conveniencias y probabilidades. Pidió a Xeno que le ayudara haciendo las llamadas de confirmación.

Los invitados aquella noche eran veintidós.

Más nosotros cuatro —dijo—, veintiséis.

Hubo dos cancelaciones de última hora.

Xeno se acercó al hueco de las escaleras y oyó a su madre, que estaba en la cocina, hablando afablemente con Assia. Acababa de volver, después de conseguir en Grikos tres meros (cuatro libras cada uno) recién salidos del mar.

Effaristó!

Parakaló!

¡No vienen ni Marina ni el duque!

¿Por qué?

No pueden —dijo Xeno.

Se produjo un silencio.

Llama a Eleni. Está aquí con su nuevo novio, o lo que sea. Un centroafricano. Se llama Homero, ¿te imaginas? ¿Por qué no? Bangui es la capital, ¿verdad?

Xeno asintió con la cabeza desde lo alto de la escalera, y su madre le dictó, de memoria, el número de Eleni.

Pocos minutos después Eleni había confirmado. ¿Podían contribuir con algo?, preguntó por medio de un SMS.

Diamantes, o un colmillo de elefante —sugirió Xeno.

Pésima broma —respondió Eleni.

Xeno revisó la lista:

Una princesa griega y su acompañante francés y su amigo argentino: confirmados.

Un coleccionista italiano (sin su esposa): confirmado.

Un cirujano plástico de Los Ángeles y su novio (multimillonario suizo): confirmado.

Un exministro francés y su amante griega: confirmados.

Un artista mallorquín: pendiente.

La vecina (dibujante de grandes felinos en estado salvaje) y el vecino (geólogo minero jubilado): confirmados.

Un arquitecto finlandés y su esposa, galerista: confirmados.

Un fotógrafo turco y su hija (menor de edad): confirmados.

Una heredera inglesa y su esposo, coleccionista austriaco: confirmados.

Una heredera venezolana: confirmada.

Un aventurero (científico) griego: pendiente.

Un industrial italiano (el yate privado más largo del mundo): confirmado...

VII.

Agentes de inteligencia que rastrean actividades relacionadas con ISIS reconocieron que existían elementos turcos que localizaban y reclutaban a cerebros jóvenes para radicalizarlos. «Nuestra mayor amenaza son los académicos que podrían haberse afiliado a ISIS. Están en contacto con cuadros en Turquía», declaró el agente. (Interesante.)

*ISIS predica teología de la violación. Víctimas dan una vez más detalles de abusos contra niñas y mujeres como una forma de oración a Alá —*decía la primera página del *International New York Times*. (Inverosímil.)

Cientos de migrantes ahogados en las costas de Kos, Leros y Kálimnos. (Inaceptable.)

Turistas mexicanos muertos en Egipto: fueron bombardeados desde el aire. La policía y el ejército egipcios mataron este domingo a turistas mexicanos cuando perseguían a yihadistas. (Inevitable, pensó Xeno.)

VIII.

En voz baja, Xeno le dijo a Iris, la menor de edad:

¿No saben lo que está pasando en Leros?

¿Qué pueden hacer? —preguntó Iris.

La madre de Xeno les lanzó una mirada inquisidora. Xeno dijo, sin alzar la voz:

¿Cómo se le ocurre invitar a un centroafricano y prohibir que se hable de política?

Y luego en voz alta, para que todos le oyeran:

¿Cuánto vale hoy en día el kilo de marfil? ¿Dos mil euros? ¿Tres?

Su madre se levantó de la mesa, diciendo que iba por el café. Y el mallorquín, bien, gracias —comentó. Era un monstruo, le habían dicho. A ella le habría gustado conocerlo.

El centroafricano, un personaje de Goya, alzó los brazos y exclamó:

Si mis amigos me vieran esta noche aquí. —Miró a su alrededor—. ¡Con todos ustedes! Un pequeño comando y listo. —Miró a la menor—. A ti te dejaríamos ir, es claro... Un solo golpe, y podríamos cambiar la historia. ¡Todos esos refugiados! ¿Un caballo de Troya humanitario? ¿Por qué no?

Todos parecían escandalizados, mientras el centroafricano, enardecido, seguía delirando ante la mesa —una mesa atónita, silenciosa.

Al borde de la muralla del monasterio, que estaba directamente encima de la casa de Khora, un monje miraba el horizonte en dirección a Asia Menor. ¿Esperaba una señal?, Xeno se preguntó.

Nikolaos Pontekorvo, el aventurero científico, interrogó al centroafricano.

Y en Bangui, ¿qué es lo que hace usted?

¿Yo? He hecho de todo. Incluso fui secuestrador.

Unos setecientos mil refugiados cruzaron en el 2015 el Mediterráneo entre junio y diciembre, la mayoría muy cerca de estas costas. Tres mil setecientos murieron antes de alcanzar una orilla —repetía el padre de Xeno.

Dinero —dijo Nick— hay de sobra. Solo en esta mesa...

La señora Galanis protestó.

Hablemos más tarde —dijo Nick.

Nada, la hermana de Xeno, se levantó de su silla, se acercó a Xeno. Le pidió que no, por ser mujer, la excluyeran de fuera lo que fuere que estuviesen tramando. La venezolana también se acercó a Xeno; otra que quería ser incluida. Xeno cerró los ojos y asintió.

Hay gente que no cree en regalar, si se puede vender —dijo Nick. Y luego, cuando la señora Galanis volvió a la mesa—: Este es el mejor pescado que he comido en Patmos, lo juro. Por cierto —se dirigió a Xeno—. Ese plan, *One PC one Child*, estaba pensado para la India. Y sí, lo torpedearon. La cosa todavía es, como siempre lo fue, posible. Al menos técnicamente. Las armas son mejor negocio, claro.

Propuso un brindis por la madre de Xeno, y todos, menos la menor, alzaron sus copas y sus vasos para brindar.

Xeno miró a Iris.

Soy supersticiosa —dijo sin sonreír—. No se brinda sin alcohol.

La situación es mucho más complicada —comenzó a explicarle Xeno a Alex, el vecino—. Las órbitas bajas y altas de la Tierra se han convertido en focos de actividad. Las ocupan cientos de satélites de unos sesenta países. Sus propósitos pueden ser pacíficos, científicos o comerciales, pero todos los satélites están en riesgo. No todos los miembros del creciente club de potencias espaciales están dispuestos a jugar con las mismas reglas, y no lo necesitan, porque las reglas no existen.

El centroafricano se dirigió a Xeno.

Quieren disuadir «cualquier ataque a los sistemas satelitales norteamericanos y aliados» —abrió y cerró la cita con los dedos—, mientras bombardean nuestras ciudades y asesinan en masa a nuestra gente —dijo.

Nick volvió a cambiar el tema. Se dirigió a la galerista, Ana, que parecía aburrida entre el cirujano y la princesa.

¿Cómo va ese mercado?

No puedo quejarme. Ayer vendí, por teléfono, un Frans Hals.

¿*El niño pescador*?

¡Ajá!

La señora Galanis alzó las cejas. En su mesa no se hablaba de política ni de religión; habría preferido que tampoco hablaran de mercado, dijo.

Por seis millones —susurró Iris casi al mismo tiempo.

Comenzaba, era evidente, una rebelión. La venezolana exclamó:

¡Seis millones! ¿Cómo lo sabes?

Estaba en Instagram —explicó Xeno.

El otoño pasado vendieron en Nueva York un desnudo de Modigliani por ciento setenta millones, por teléfono, a un empresario de taxis chino —Ana les recordó.

IX.

Era ya solo cuestión de conseguir testigos, decía el mensaje cifrado que Xeno envió desde la casa de Khora pocos meses más tarde a Abdelkrim, que estaba en Guatemala.

Mañana viajo de Guatemala a Tánger vía Panamá y Madrid, contestó Abdelkrim, usando el mismo código.

Sobre la mesa de la cocina, al lado de los higos partidos por Assia y dispuestos sobre una fuente de Sifnos, alguien había dejado un ejemplar del *International New York Times*. Otro náufrago sirio ahogado. Otro acceso de indignación. Alargó una mano para tomar un higo. El sabor dulce y como harinoso, la textura mixta de la fruta llenaron su boca.

En Patmos podía estarse *demasiado* bien, pensó con cierto cargo de conciencia que no le resultaba nada familiar. Un ligero sentimiento de vergüenza y de culpa —recordó la frase de Adorno— por tener todavía un poco de aire para respirar en el infierno.

Tercera parte

Infección

Has de saber —dijo el filósofo— que en este momento en que te hablo hay cien mil locos de nuestra especie, sus cabezas cubiertas con sombreros o con cascos, que matan a otros cien mil brutos, sus cabezas cubiertas con turbantes, o que se dejan matar por estos, y que, en casi todo el planeta, esto es lo que hacemos con nuestro tiempo.

Estremeciéndose, el sirio preguntó cuál era la razón de tan horribles peleas.

VOLTAIRE, *Micromegas*

I.

Solían decir en Tánger que una de las tradiciones de los servicios secretos norteamericanos era tener un agente a la cabeza de la Antigua Legación Americana, que está en la parte baja y oriental de la Medina. Aquel año, el director no era una excepción. David Singer (un metro noventa, fornido, calvo, macrocéfalo) era una proyección de Graham Greene, pensó el Mexicano cuando los presentaron, después de un coloquio sobre el dariya tangerino en el Salón del Libro. Originario de Nueva Jersey, risueño pero de voz recia, Singer había conseguido erradicar casi por completo el acento norteamericano de su español decididamente peninsular. Hablaba el árabe clásico con igual facilidad que el dariya y se interesaba en la música y en la cocina marroquíes. Él mismo parecía complacerse en afirmar que todo el mundo suponía que él trabajaba para la Central de Inteligencia Americana. Cuando alguien le hacía la inevitable pregunta, no sabía qué contestar.

¿Qué puede responder alguien en mis zapatos, aparte de que, si fuera eso verdad, lo tendría que negar en cualquier caso? —le había dicho al Mexicano.

El museo de la Antigua Legación era un edificio de doscientos años que ocupaba ambos lados de la *rue d'Amérique,* sobre la que se extendía por un corredor elevado. El portero no lo reconoció de años atrás, cuando frecuentó la biblioteca. Después de pedirle un documento de identificación, le indicó el camino por pasillos y escaleras y un pequeño patio hasta el despacho de Mr Singer.

El Mexicano explicó que necesitaba ayuda para leer unos documentos en árabe clásico.

Son de un muchacho marroquí, un tangerino que estudia en Boston, parece —agregó.

Mr Singer sabía quién era el muchacho. Preguntó si el Mexicano tenía consigo el texto.

¿Pero usted sabe quién es? —preguntó él.

Su padre se ha encargado de hacerlo público —dijo Singer sin disimular su contrariedad—. Le cuenta a todo el mundo que su hijo será el primer astronauta marroquí. Pero no es seguro, no señor.

El visitante extrajo la memoria de un bolsillo de su pantalón, se la dio al espía norteamericano, que la insertó en su ordenador.

Hay un problema —dijo después de pulsar teclas y hacer varios clics en un teclado francés. Expulsó la tarjeta, la devolvió al Mexicano—. Esto es un PC. Esa memoria está formateada para Mac.

El Mexicano dijo que en su mochila traía una computadora Mac.

¡Perfecto! Tengo la tarde libre —dijo Mr Singer con mejor humor—. ¡Y la noche también! Esto me gusta. Vamos.

El Mexicano lo siguió por el viejo y laberíntico edificio. Subieron unas gradas muy angostas, atravesaron el pasillo sobre la rue d'Amérique, volvieron a bajar unas escaleras de caracol, cruzaron un patio con una fuente de azulejos, entraron en una pequeña biblioteca.

¿Usted conoció a Field? —preguntó Mr Singer.

Un poco.

Pues es un honor conocer a alguien que conoció a ese grande. Por favor, haga como si estuviera en su casa. ¿Nos tratamos de tú?

Se sentaron frente a un escritorio de madera negra que ocupaba la mitad del cuarto, cuyas altas paredes estaban forradas de anaqueles con diccionarios y libros antiguos en forro de cuero marroquí de distintos colores.

El escritorio electrónico que apareció en la pantalla de la Mac era como un juego de memoria destapado: una imagen del mundo mental de su amiga, la pequeña y tenaz Carrie.

No es mía —dijo—. Es de una amiga.

David Singer miraba el aparato con gesto ambiguo.

No me gustan los Mac, en general —dijo.

Tampoco a mí —replicó el otro, mientras introducía la memoria—. Yo también soy PC.

II.

Es una carta —dijo Mr Singer— dirigida a los imanes de Emsallah y de Suani.

Comenzó a tomar notas. Luego se levantó del escritorio y se paró en un banquito para sacar de un anaquel un viejo diccionario multilingüe. Lo abrió sobre el escritorio y se puso a consultar.

Perdona —dijo—, es un momento. Pero sabe escribir este muchacho. Si es que esto lo escribió él.

*

¡Hermanos!

Aprendamos un día, como quisiera Alá, a obrar bien, a pensar bien, a vivir bien. Alcemos los ojos al cielo antes de bajarlos al Libro y leer, para que la luz divina y no otra nos ayude a interpretar lo que está escrito. ¡No es fácil entender! Cuando ustedes se dirigen a los padres de familia que tienen hijos que educar, ¿creen que entienden lo complejo que es el mundo?

Por el amor y el temor de Alá, el todopoderoso, el misericordioso, el que todo lo sabe y todo lo ve, el testigo de nuestros actos y el juez de nuestros pecados, no nos engañemos. Nada disgusta tanto al Señor como la tiranía del hombre sobre el hombre, y para los tiranos —lo dice el Libro— hay un lugar ejemplar.

Al-láh hu a'lam. ¡Él puede contar las arenas del desierto!

*

Al pie de una caricatura de tres líderes árabes que se miraban hostilmente entre sí, una línea que Mr Singer tradujo: «Los enemigos de mis enemigos son mis enemigos».

*

¿Cuánta importancia podemos dar a unos dibujitos infantiles y malintencionados? ¿Es lícito ofenderse por algo así? ¿Es lícito pensar que esto sería tomado en serio, que podría de alguna manera manchar la gloria del Altísimo?

*

En Harrán, hermanos, no hay agua fresca. ¿Sabéis dónde está Harrán? Bien. La tierra es un horno que lo calienta todo. Allí no hay sombra para hacer la siesta, el aire quema la nariz y los pulmones. ¿Han estado ustedes allí? Harrán es un bled *olvidado. No se vive bien allí, y sin embargo por ella pelean hoy los hombres, nuestros enemigos y nuestros hermanos...*

Parafrasea a Maalouf, que a su vez cita aquí —dijo Mr Singer— a Ibn Jaldún o a Ibn Yubair, no estoy seguro. Pero habla —agregó en tono apreciativo— de la Harrán actual. Es obvio.

El reloj de la computadora daba las siete; habían trabajado durante casi tres horas. Ya se oía la voz del muecín que llamaba al Magreb. Casi todos los empleados de la Legación se habían ido.

¿A qué hora cierran? —quería saber el Mexicano.

Mr Singer siguió leyendo, sin traducir, el próximo párrafo. Se quitó los anteojos y dijo:

Si queremos, podemos pasar aquí toda la noche. Trabajando.

Sentía que el interés de Mr Singer en la lectura de las cartas de Abdelkrim era excesivo. Inventó:

Me temo que debo irme. Tengo una cita para cenar. —¿Sería en realidad un agente?, se preguntó una vez más.

Ok. ¿Tal vez podemos duplicar la memoria?

Creo que no.

Mr Singer cerró los ojos; sus pupilas se movieron debajo de sus párpados. Abrió los ojos y dijo:

Amigo, no sé si lo entiendes. Como ciudadano norteamericano considero mi deber enterarme del contenido de esa tarjeta. Encierra algo que podría estar relacionado con alguna organización radical. *And I think* —agregó en inglés— *that you know exactly what I mean.* Es mi deber participárselo de inmediato a nuestro consulado.

¿Nuestro?, pensó el Mexicano.

Cerró el ordenador y se puso de pie.

La actitud de Mr Singer cambió.

Antes de hacer nada oficial, nada dramático, ¿no sería bueno terminar de transcribir lo que hay allí? —Indicó el bolsillo del pantalón donde el Mexicano acababa de guardarse la memoria—. ¿No te parece?

Tal vez es solo la diatriba de un estudiante engreído que cree que puede explicar el Corán a los imanes.

¿Diatriba? —dijo el Mexicano.

Propongo que sigamos trabajando mañana por la mañana. ¿A qué hora quieres que quedemos? —preguntó Mr Singer mientras anotaba el número del Mexicano en su móvil—. A ver, te marco, así tienes mi número también. *There. Perfect.* —Se sonrió—. ¿Crees que podrás conseguir de nuevo esa cosa? —indicó la Mac. El Mexicano se limpió unas gotitas de saliva que rociaron su cara.

La palabra «infección» le cruzó por la cabeza. Es posible —dijo.

Mr Singer se levantó para salir por la puerta del corredor, y el Mexicano lo siguió. Le sacaba más de una cabeza y sus hombros eran musculosos. Doblaron a un corredor muy angosto por el que habían pasado antes, subieron un corto tramo de escaleras, doblaron a otro corredor y cruzaron el puente sobre la callecita de la Medina. Ahora estaban en un patio mucho más amplio que los otros, al que se bajaba por otra escalera de caracol. Singer se detuvo para mirar al Mexicano.

¿Conociste bien a Field de verdad?

Ya le había dicho que lo conoció brevemente. Volvió a decírselo.

Mira —dijo Mr Singer, y le invitó a entrar en una salita. En las paredes colgaban varias fotos del artista—. Un pequeño homenaje a un gran viajero y tan buen artista. Ya te lo dije, es un honor para mí conocer a alguien que lo conoció. ¿Habías visto estas fotos?

Indicó las fotos: John Field con su esposa, Lynn. Con Mohammed Mrabet y Ahmed Yacoubi; con los Bowles; con Claudio Bravo, con Miquel Barceló y Claude Nathalie Thomas; con Cherie Nutting y con Mohammed Zhrouni.

Mientras el Mexicano se distraía mirando las fotos, Mr Singer salió al patio para ponerse a digitar en la pantalla de su iPhone 6. Después de las fotos, el Mexicano examinó con interés un mapa dibujado en los años sesenta por el propio Field, que indicaba los tchares en las montañas Atlas donde había hecho sus cuadros de nubes. Mr Singer seguía digitando con bastante velocidad. Otra vez, la palabra «infección» le cruzó por la cabeza. Le había hecho entrar en la sala de fotos para distraerlo. Ahora otros agentes sabrían de la existencia de aquella tarjeta, que a Mr Singer le parecía sospechosa, y tendrían las señas de su portador. ¿Iban a darle caza?, se preguntó. Sintió un pinchazo en las sienes, un cosquilleo desagradable en la piel detrás de las rodillas. Salió al patio y Singer dejó de digitar.

¿Interesante, no? —le dijo, refiriéndose a la exhibición de fotos del cielo magrebí a determinadas horas de la mañana y de la tarde.

Atravesaron el patio y anduvieron hacia la puerta de la calle. El portero, que dormitaba, se levantó de su banquito y abrió la puerta, antigua, muy pesada.

III.

Dobló a la izquierda para bajar por la callecita hacia la salida de la Medina. A los pocos pasos se detuvo y giró sobre sus talones. Desanduvo el corto camino que había hecho y pasó de nuevo frente a la puerta de la Legación. Luego comenzó a caminar deprisa calle arriba y se internó en el ruidoso y colorido laberinto de la vieja Medina. Estaba asustado, seguro de que ahora un hombre o tal vez varios comenzarían a perseguirlo con el fin de despojarlo de la memoria y la computadora.

Cada casa, cada esquina de la red de callecitas era parte de un paisaje infantil, familiar pero también aterrador. Recordaba, a jirones, momentos de su niñez. Dicen que, mientras huye, el zorro disfruta los lances de la fuga tanto como la jauría y los hombres que le dan caza, como si fuera un juego. Andaba rápido, a ratos corría. El juego era ocultarse entre la gente o en el recoveco de algún muro para mirar atrás. Estoy volviéndome loco, pensó.

Sobresaltado por su descubrimiento, intranquilo por haber contrariado a Singer, el posible agente, bajó por la calle de los Joyeros hasta el Zoco Chico. Subió después por la calle de los Nazarenos. Nuestra calle, pensaba (y pensarlo le parecía absurdo, en aquellas circunstancias) dando zancadas, la mochila con el ordenador a las espaldas; dobló a una callecita curva y sin nombre visible —¿los Cordoneros?—, volvió a bajar por otra calle más amplia hasta la plaza de Dar Barud, el antiguo polvorín, y entró en la calle de las Babuchas. Se detuvo frente a un bazar a cuyas puertas colgaban racimos de calzado de varios colores y tamaños. Miró a su alrededor. A pocos pasos calle abajo estaba un viejo de aspecto apacible, de barba blanca, alto y delgado, que al verlo allí plantado le dijo en español:

¿Buscaba algo, *sidi*? Entre, por favor. Tengo cosas que creo que pueden gustarle.

Detrás del viejo colgaba un cortinaje de chilabas de buena calidad.

La calle estaba vacía. Se acercó a la tienda, confiando en que nadie le vería entrar.

Escogió una chilaba color crema. No le sentaba mal, pensó al verse en un espejo oxidado que el anciano sostenía frente a él. Complacerse en eso ahora, se recriminó, ¡qué vanidad!

Enta tanjaui! —le dijo el anciano con una sonrisa que le pareció que era de complicidad.

Iyeh?

Apenas negociaron el precio y se dispuso a salir de la tiendecita satisfecho con su compra, su disfraz.

Shukran b'sef.

Al-láh-yau nik.

Dobló dos o tres esquinas, subió de nuevo hacia la Kasbah y entró en un pequeño restaurante junto a Bab el-Assa. Se sentó en el interior, pidió un té de menta y después se introdujo en el cuartito de baño, que estaba en un sótano estrecho con olor a orines y a humedad. Un par de grandes moscas moribundas revoloteaban a ras del suelo del excusado marroquí. Se quitó la chilaba, se sacó la mochila. Extrajo el ordenador y se lo colocó entre el vientre y el cinturón. Sacó de la bolsita superior de la mochila el pasaporte (que llevaba consigo desde esa mañana, cuando tuvo que ir a una agencia de banco para obtener efectivo). *Hamdul-láh,* pronunció en voz baja. Tener el pasaporte con él le causó una sensación de seguridad que necesitaba en aquel momento. Guardó el pasaporte en el bolsillo de pecho de su chaqueta y aseguró el botón interior.

Decidió deshacerse de la mochila. La vació por completo —gafas con estuche, una cajetilla de chicles, una navaja suiza, una libreta de notas, un bolígrafo— y lo guardó todo en los bolsillos de su chaqueta. Volvió a ponerse la chilaba. Hizo una bola con la mochila y la metió, con cierta dificultad, hasta el fondo del pequeño basurero del WC, que luego cubrió con una capa de papel higiénico. Estas precauciones, quizá innecesarias, lo tranquilizaban; cuando volvió a su mesa tenía la convicción de que lo más probable era que nadie estuviera persiguiéndolo.

Bebió a medias el té, pagó y, después de acomodarse la computadora contra el vientre debajo de la camisa, se sumó al número de tangerinos y turistas que paseaban por la Kasbah, menos intranquilo, pero atento siempre a la posible presencia de algún perseguidor.

Bajó por la calle de Italia y volvió a subir hasta el Zoco de Fuera, donde encontró un taxi.

En Tánger hay dos clases de taxis. Los *petits taxis* son cupés pintados de celeste con una banda horizontal color amarillo huevo; los *grands taxis* son Mercedes-Benz blancos o crema. Entre la gente del común se considera signo de arrogancia montar detrás, como acostumbran hacer los europeos. El Mexicano tomó un petit taxi y montó en el asiento delantero. En lugar de pedir al taxista que lo llevara al Hotel Atlas, donde se alojaba, le dijo:

Vamos al Hotel Villa de France.

¿Adónde?

¿No lo conoce?

¿Dónde queda?

En la esquina de Inglaterra con Holanda.

Claro, hombre.

No quería correr ningún riesgo, decidió; iba a pagarse una noche en un hotel de cinco estrellas.

Subieron por la calle inclinada de Bou Arraquía, que bordea el cementerio musulmán. Era un rodeo innecesario, pero no dijo nada. Las antiguas y prolongadas paredes del cementerio, donde los pordioseros solían sentarse a mendigar, habían sido demolidas, y ahora los mercaderes de la lástima practicaban su comercio en otras partes; los lamentos de sus *liaras* y sus *qsbahs* eran cosa del pasado.

Disculpe —le dijo al taxista, y comenzó a sacarse la chilaba. El taxista lo miró de reojo.

Makein mushkil. No hay problema, *sidi*.

Su teléfono comenzó a sonar. Para cuando terminó de quitarse la chilaba, la llamada se había perdido. El número de Singer aparecía en la pantalla. Lo dejó estar.

Con la chilaba enrollada bajo el brazo y la computadora oculta debajo de la camisa, cruzó el estacionamiento del Grand Hotel Villa de France y bajó las escaleras hacia el patio con la fuente y las arcadas.

No había entrado en el hotel en mucho tiempo. Hacia 1993 había sido clausurado, después de perder una estrella —recordó—, y luego fue comprado por una compañía iraquí. Lo habían renovado, desde luego. Frente al nuevo escritorio de la recepción tuvo una sensación de extrañeza. El *bulldozer* del tiempo había arrasado el viejo vestíbulo. En lugar de las raídas alfombras bereberes el piso estaba cubierto con alfombras nuevas y el mármol falso y los espejos habían reemplazado al estuco andaluz y a los mosaicos de cerámica. En una de las paredes del *lobby* había un cartel que reproducía el cuadro de Matisse *Paysage vu d'une fenêtre*. Los nuevos propietarios se jactaban de haber conservado tal cual, en uno de los cuartos del tercer piso, la ventana que sirve de marco natural a la famosa pintura. El Mexicano contemplaba la reproducción con su perspectiva plana y colores demasiado fuertes: los muros de la iglesia de Saint Andrew, los jardines y la plaza de la Mendubía. La recepcionista, una joven marroquí alta y afrancesada, le dijo que la habitación de Matisse estaba libre, sin costo adicional. Ahora que el Salón había terminado, el hotel estaba vacío.

La tomo.

Très bien, monsieur. Pasaporte, por favor.

Le mostró el pasaporte, le dio la tarjeta de crédito.

Voilà —dijo la recepcionista, y le dio una llave electrónica y la clave para la conexión de internet.

«Matisse 1912», leyó en una tirita de papel.

Bonne nuit, monsieur. Pas de valise?

Non. Merci.

Estaba mirando la noche tangerina por la célebre ventana, comparando mentalmente el cuadro del maestro con la escena que tenía ante los ojos, cuando el timbre de su celular lo devolvió de manera brusca al momento presente. Eran las ocho y media.

Hola —dijo el Mexicano con voz apagada.

Era Singer.

Ah, me alegra encontrarte. Te llamé hace un momento. ¿Te molesto?

No.

¿De verdad?

De verdad.

¿Estás en tu hotel?

Sí —mintió a medias.

¿Es el Atlas, verdad?

Prefirió no contestar, y el otro prosiguió:

Muy bien. Mira. Me quedé pensando en ese ordenador. No te preocupes, he conseguido otro Mac.

Perfecto.

Ok, a las once mañana. ¿No quieres que pase al hotel a recogerte?

No, gracias.

Muy bien. Mira...

Miró el telefonito, con ganas de cortar.

Singer siguió diciendo:

I need you to understand now... I've done a little research... Este chico, Abdelkrim...

Ajá.

Bueno, es posible que esté implicado en algo —su voz bajó varios tonos— muy delicado. Prefiero no discutirlo por teléfono. Mañana te doy detalles. ¿Vale?

Ok. Se me está haciendo tarde. Disculpa.

Yeah. Have a great dinner. ¿De verdad no quieres que pase por ti mañana?

No, muchas gracias.

Good night.

Yes. Good night to you too.

Después de colgar marcó el número de Carrie. Contestó Buyulud. Le pidió que pasara por la mañana al hotel a recoger la computadora.

Ya no estoy en el Atlas. Me mudé al Villa de France. ¿Puede ser un poco antes de las once?

Uaja, uaja.

Abrió la computadora y se conectó a internet. Revisó su correo; no tenía mensajes urgentes que contestar. Un artículo suyo sobre los narcotraficantes centroamericanos sería publicado en *El País*; su editora española lo felicitaba. La columna publicada por *Vanity Fair* hacía un mes había recibido, hasta el momento, cinco *likes*. Insatisfecho, se releyó.

FÁBULA ASIÁTICA

Estoy de viaje por Europa con mi ahijada de doce años y una de sus amiguitas del liceo y, así, debo seguir instruyéndome. Durante una conversación de sobremesa de las que suelen darse en esta clase de viajes, me veo en apuros al querer explicar en qué difiere la inteligencia humana de la posible inteligencia de las máquinas. Expongo dos o tres argumentos que, me temo, no llegan a convencer a las niñas, que acaban de leer, en París, un texto titulado *Representaciones de humanoides. Información para usuarios* —un prospecto para un dudoso producto llamado «Diseño somático», acompañado de esta nota: ESTE PROSPECTO CONTIENE INFORMACIÓN BÁSICA SOBRE LAS RELACIONES DE HUMANOS CON REPRESENTACIONES DE HUMANOIDES EN 3D. Una broma, es claro, pero no deja de ser alarmante, sobre todo porque a las niñas les ha parecido verosímil.

Días más tarde, una posible ilustración acerca de un aspecto peculiar de la inteligencia humana me es revelada en un sueño.

Es un sueño del tipo en que el soñador es una entidad neutra, incorpórea, un mero espectador. Nos encontramos en la costa del Mediterráneo sirio, en un paisaje de arena blanca, mar azul y hombres vestidos de negro. Un grupo de emigrantes ilegales debe abordar una barcaza para escapar de una turba de milicianos ¿de ISIS? En el grupo hay cinco niños sin sus padres; serán los últimos en abordar. Surge un dilema: solo hay sitio para tres de ellos. Es necesario decidir quiénes serán abandonados en la playa.

Si el problema tuviera que ser resuelto por una máquina o por una mente adulta, la operación sería en extremo sencilla: la suerte o un capricho dictaría la respuesta. Pero resulta que los niños, que se hicieron muy amigos durante el viaje que los llevó de un barrio pobre de una ciudad que podría ser Aleppo o Tadmur hasta la costa, son quienes deben resolverlo. Al cabo de una breve discusión, los niños se dirigen al capitán de la barcaza para dar la única respuesta en realidad humana: no están dispuestos a entrar en el juego —declaran—; los cinco permanecerán en la playa. Los adultos se impacientan. Los niños insisten en su decisión. El capitán da la orden de zarpar. Los pequeños ven desde la playa cómo, mientras la embarcación se aleja sobre las olas que se hacen cada vez más grandes, en el horizonte, tierra adentro, se levanta una nube de polvo. Son quizá los milicianos genocidas que se acercan. Los cinco niños en ese momento se convierten en guardianes secretos y privilegiados de algo que es exclusivamente nuestro —es decir: lo humano— y que, como el sentido de lo absoluto, a veces se contagia mediante las palabras.

En lo oscuro del hotelito parisiense, recién despertado del sueño que estaba a punto de volverse pesadilla, pienso: El destino de los adultos que se internan en un mar embravecido, aunque a primera vista es un destino mejor que el que espera a los pequeños, que comienzan a ocultar sus cuerpos bajo la arena, es un destino incierto, como cualquier destino humano. Pero el destino de los niños es en realidad el más seguro: la heroica decisión que acaban de tomar en esa playa siria (¿o solo en el sueño?) los hará inmortales.

Bajó por una cena ligera al restaurante del hotel. El camarero que le sirvió era un viejo cuya figura se le hizo extrañamente conocida. Se dijo a sí mismo que, en efecto, lo conocía. Hacía muchos años, alguien se lo señaló, asegurándole que era un chivato. Le desagradó la manera descarada como lo observaba.

Aquella noche también tuvo un sueño extraño. Alguien le servía de guía en una especie de museo planetario. En cierto momento su guía lo dejó solo, pero siguió oyendo la voz, suave, explicativa. Abrió los ojos sin llegar a despertarse, y alcanzó a ver un pájaro que revolaba frente a la ventana; la voz provenía de ese pájaro —pensó todavía en el sueño—; sus ojos eran dos puntos de luz roja. ¿O era un dron? —se preguntó, sobresaltado. Se despertó.

Sudario

I.

Eran las siete y media pasadas. Por la ventana de Matisse podía verse un cielo luminoso y profundamente azul. Los gritos de un pájaro —¿un cuervo?— se oían con claridad. En la mañana, sus sospechas y temores le parecían hiperbólicos, absurdos. David no era un agente secreto, solo cumplía su deber de ciudadano y funcionario del imperio estadounidense. Era normal que hubiera visto en las palabras de Abdelkrim algo que lo alarmara, que le hiciera pensar que estaba conectado con un enemigo que podía ser el temible ISIS. ¡No por eso iba a hacer que lo persiguieran para apoderarse de la computadora de Carrie y la memoria de Abdelkrim!

Quedaba algo por leer en la tarjeta, y David estaba ansioso por ayudarle con esa tarea. Si encontraban indicios de una posible conexión con alguna organización terrorista o subversiva, estaba bien que David se hiciera cargo. Él se limitaría a hacérselo saber a Mohammed (ya encontraría la manera) y seguiría adelante con su viaje —quizá ese mismo día.

Pidió que le llevaran al cuarto un desayuno continental. Después de consumirlo, estuvo un rato mirando, embebido, el cielo marroquí, la bahía de Tánger, los jardines de Saint Andrew y la Mendubía. Decidió ir andando al Hotel Atlas para ducharse y cambiarse de ropa antes de reunirse con Buyulud y bajar a la Medina. Como precaución (seguramente innecesaria, pensó) escondió la computadora de Carrie en la funda de su almohada, y al salir del cuarto colgó en la puerta el cartelito: «No molestar».

En la calle de Fez se detuvo para comprar la prensa —*El País, Libération* y *Al Alam,* un nuevo diario marroquí— y dio un rodeo por la calle Abd-el-Nassr. Allí solía colocarse un mendigo que, decían, había perdido un brazo y una pierna hacía veinte años en la guerra contra los saharauis. El gobierno marroquí, a modo de compensación, le permitía vender kif y hachís en la vía pública. Aunque fumar podía poner un poco paranoico al Mexicano, quería llevar a cabo una vez más el ritual norteafricano.

Salaam aleikum.

Aleikum salaam.

Kulshi m'sien?

Hamdul-láh.

Antes de pedirle mercancía, tenía la costumbre de intercambiar una serie de preguntas y respuestas de cortesía. Pero Sultán (así lo llamábamos) le dijo:

Alguien te sigue. No mires para atrás. Un chico. Pantalones blancos, camisa amarilla. Te está vigilando. Mejor no lleves nada ahora, amigo.

¿Seguro?

Dejó caer unas monedas al suelo como al descuido y se agachó a recogerlas para echar una mirada en la dirección que Sultán había indicado. En efecto, un muchacho como el descrito por el mendigo estaba allí, una calle más abajo, haciéndose el desinteresado. Parecía que escribía algo con una navaja en el muro cacarañado en la esquina de la calle de Fez.

Muchas gracias.

Dio las monedas a Sultán, que las agradeció sin entusiasmo.

Para un café —le dijo.

Gracias, amigo.

Dobló la esquina y subió por la calle Musa Ben Nusayr hasta el hotel. Antes de entrar miró en todas direcciones. No vio al muchacho que quizá lo seguía; ya sabían dónde se alojaba, pensó. Subió a su cuarto envuelto en un velo de miedo.

¿Quién lo perseguía? Es absurdo, volvió a decirse a sí mismo. No debía permitir que lo amedrentaran, que lo manipularan de ninguna manera. No volvería a la Legación. Una excusa cualquiera bastaría. Iba a duplicar la memoria, por si acaso. Y luego volvería a visitar a Mohammed.

Entró en el baño y se sentó en la taza, dispuesto a hojear la prensa.

II.

El griego Tsipras se niega una vez más a pagar la enorme deuda contraída por su país con el Fondo Monetario Internacional, y tacha de irreal la oferta final de sus acreedores europeos... Norteamérica quiere conseguir un acuerdo que impida a Irán obtener una bomba nuclear dentro de por lo menos una década; sus negociadores diplomáticos estarán esta semana en París para discutir el tema del Estado Islámico... Descubren un hotel utilizado por ISIS para alojar vírgenes y mujeres para satisfacer a sus milicias... Desaparecen en Turquía tres F16 con bandera marroquí, fabricados en los Estados Unidos. «Espero ver a mi hijo con vida», dice a la prensa el padre de uno de los pilotos, maestro de escuela en Rabat... Hallan en Qatar una bodega con objetos arqueológicos saqueados por ISIS en Palmira... Un poderoso movimiento, que abarcó casi un continente, de Marruecos a Pakistán, ha entrado hoy, con el nuevo y sangriento califato, en su fase terminal, decía una columna de opinión.

Dejó correr el agua de la ducha sobre su cabeza y sus hombros, tratando de no pensar en nada. El muchacho que quizá lo seguía, ¿estaría atalayándolo a la entrada del hotel? ¿No debía llamar a David para preguntarle algo al respecto? ¿No era posible que lo estuviera vigilando *alguien más,* no por orden del norteamericano, sino por orden de otra persona o agrupación que podía estar también interesada en la memoria de Abdelkrim?

Salió de la ducha y se secó y vistió deprisa. Encendió su ordenador (eran ya casi las diez) y se conectó a internet. Compró un billete para volar esa misma tarde a París, solicitó su pase de abordaje. Debía estar en el aeropuerto a eso de las tres.

Decidió dejar el cuarto del Atlas cual estaba; llevaría consigo solo una mudada y el ordenador, que acomodó en la espuerta marroquí. Se asomó a la ventana del baño, que daba a un patio trasero estrecho y sombrío. Era allí donde las empleadas del hotel tendían las sábanas y las toallas. Había una puerta de metal que daba a la calle, y él podría escurrirse por allí. Pero estaba en el quinto piso.

Tomó la espuerta y salió del cuarto. Bajó por las escaleras de servicio sin cruzarse con nadie hasta el segundo piso. En el fondo de uno de los corredores vio un carrito de servicio. Alcanzó a oír la voz de dos o tres mujeres. Las puertas de varias habitaciones estaban abiertas de par en par. De puntillas, adelantó unos metros y entró en el primer cuarto, casi igual al suyo en el quinto piso. Cerró la puerta suavemente, corrió el pestillo. Respiró con alivio y esperó un momento para asegurarse de que nadie pasaba por el corredor. Fue hasta el baño y miró por la ventana que daba al patio de la ropa. Sin dificultad logró descolgarse por allí hasta el primer piso y, con el corazón que le latía con demasiada fuerza, vio la puerta del patio abierta y la cruzó. Un corredor oscuro conducía a un pequeño zaguán. La puerta de la calle estaba cerrada con llave solo por la parte de dentro. *Hamdul-láh*. Andando rápido, sin llegar a correr, pronto dejó a sus espaldas el hotel, su maleta sin hacer.

En la calle de Fez, decidió atravesar el pequeño mercado para llegar hasta la calle de Holanda. Vetas de olor a rosas y a carne fresca ondeaban por los pasillos cerca de la entrada, como siempre. Mercado adentro, se detuvo frente a un puesto de frutas secas.

Nus kilo —le dijo al vendedor, señalando un volcancito de dátiles apilados sobre una palangana de plástico azul. Miró pasillo abajo y pasillo arriba. Nadie lo seguía.

Shjral?

Tlatín dirham.

Contó treinta dirhams.

B'saha —le dijo el vendedor—. Que aproveche.

Dio un rodeo por la parte baja del mercado, cruzó el patio de las especias. Miró a sus espaldas una vez más, salió a la calle de Holanda.

En su habitación del Villa de France abrió el paquetito de dátiles, comió tres o cuatro y puso los huesos en el marco de la famosa ventana. Naturaleza muerta en la ventana, pensó; los huesos en primerísimo plano.

Sacó de la funda de la almohada la computadora de Carrie, la abrió, la encendió. Debía borrar los documentos de Abdelkrim. Los arrastró a la papelera, intentó vaciarla, pero apareció una ventanita en la pantalla que decía: *Error! Bad code.*

Lo intentó de nuevo una, dos, tres veces. El error persistía. Se rascó la cabeza. Pensó: No puede ser.

Eran las once menos diez cuando telefoneó a Buyulud; ya iba en camino, le dijo.

Te espero en el estacionamiento.

Uaja, jay.

Llamó a David; no respondía. Le dejó un mensaje de voz; iba con un poco de retraso, se disculpó.

A las once en punto se encontró con Buyulud frente al hotel. No quiso decirle que esa misma tarde se marchaba, y tampoco mencionó que temía que estuvieran persiguiéndolo. (Inmediatamente se arrepentiría.)

Dile a Carrie que estoy muy agradecido.

B'slema, amigo.

B'slema.

Regresó al cuarto de Matisse. Miró una vez más el paisaje por la ventana, dejó los huesos de dátiles donde estaban.

De pronto, fue como si alguien le apretara la garganta. Vio frente a los jardines de Saint Andrew al chico de camisa amarilla que le había indicado Sultán. Por la calle de Inglaterra apareció el Mercedes-Benz de la banda conducido por Buyulud. Otro Mercedes, de color negro, apareció por la calle de América del Sur y se le atravesó para hacerle dar un frenazo; vio el brazo de Buyulud que salía por la ventanilla y gesticulaba. Buyulud sacó la cabeza para proferir increpaciones. Entonces, un hombre vestido de negro se acercó con rapidez por la parte trasera del auto y dio un golpe con un puño en la sien de Buyulud, cuya cabeza y brazo desaparecieron en el interior del auto. El hombre que lo había golpeado volvió la cabeza para mirar a su alrededor; tenía barba y anteojos oscuros.

Mierda —dijo en voz baja el Mexicano, y se echó hacia atrás. ¿Lo había visto?

El barbudo metió un brazo por la ventanilla del Mercedes de Buyulud, abrió la portezuela y montó en el auto. Ya el otro Mercedes había dejado la calle libre. El Mercedes de Buyulud, con un rechinar de neumáticos, describió un semicírculo y desapareció ¿hacia Bou Arraquía? El chico de camisa amarilla también había desaparecido.

Mierda —repitió, pensando en Buyulud.

El teléfono comenzó a sonar. Era David.

Aló.

Acabo de oír tu mensaje. ¿Por dónde vienes?

Le costaba hablar. Dijo:

David, acaba de ocurrir algo que no entiendo. Algo terrible. Creo que acaban de secuestrar a un amigo. ¿Has hecho tú que alguien me vigile? ¿Que alguien me siga?

¿Qué? ¿Por qué lo dices? ¿Qué pasó?

Olvídalo —le dijo—. Tal vez es mi paranoia.

¿Qué dices? ¿Quieres que vaya a donde estás? ¿Dónde estás?

El paisaje tangerino que veía por la ventana de Matisse se estaba convirtiendo en otra cosa. Oyó la voz de David que seguía haciendo preguntas. Y colgó, completamente desorientado. No confiaba en David, aunque no estaba seguro de que él tuviera algo que ver con todo aquello. Era posible que alguien más se hubiera enterado de que él, el Mexicano, tenía la memoria de Abdelkrim. Era posible que estuviera involucrado en un asunto muy delicado, como sospechaba David.

153

Un largo tramo de escaleras descendía en línea recta a través de los jardines del Grand Hotel Villa de France y llevaba hasta una verja de lanzas de hierro, la que daba al triángulo de calles donde se había desarrollado la fugaz y violenta escena. Por esas escaleras bajó el Mexicano con la espuerta y su única mudada, su computadora y su chilaba, y el celular pegado a la oreja, tratando de hablar con Carrie, que no contestaba.

III.

Una cadena y un candado impedían el paso por la verja; se acomodó la espuerta en un hombro y comenzó a trepar.

Shni bgrit? —oyó a sus espaldas. Volvió la cabeza. Era un viejo jardinero. No lo conocía.

No puede hacer eso, *sidi.*

El Mexicano no conseguía hacer pasar la pierna por encima de las lanzas.

Baje de ahí, hombre.

Obedeció. El jardinero recibió la espuerta para ayudarle a bajar.

Smaheli. Disculpe —le dijo el Mexicano—. Tengo que salir...

Blati.

Se sacó de un bolsillo una llave grande y oxidada para abrir el candado.

La verja se abrió con un chirrido.

Shukran b'sef!

La shukran. Al-láh wa shib.

Bajó por la calle de Inglaterra hasta el Zoco de Fuera, donde había dos hileras de taxis. Subió en uno pequeño y le pidió al taxista que lo llevara a Suani.

IV.

El jardín de Suani estaba en obras. La gramilla había sido levantada y un minibulldozer excavaba una fosa hacia el centro de la rotonda. Había pequeños grupos de estudiantes uniformados en las bancas de hormigón alrededor de la rotonda, y un vendedor de helados empujaba su carrito musical por la acera circular. A la sombra de una datilera en flor un obrero preparaba una pequeña motosierra. Una falda de vainas secas cubría la parte alta del tronco de unos veinte metros de altura. Van a cortarte, pensó con desazón. Y luego, como escandalizado de su frivolidad: Secuestraron a mi amigo, ¡y yo me fijo en esto! El café Al-Achab, donde Mohammed se reunía a veces con sus amigos, estaba en silencio. Había varios marroquíes sentados a las mesas a lo largo de la pared. Algunos fumaban. Dos jugaban a las cartas en un rincón. Se sentó en la terraza, pidió un café. Trató de asegurarse una vez más de que no estuvieran siguiéndolo. Pagó su café —ya la motosierra comenzaba a zumbar— y atravesó la rotonda. Por una callecita ascendente entró en el pequeño laberinto que es la medina de Souani. Se desorientó inmediatamente. Dio la vuelta en un callejón sin salida, hizo preguntas en un *baqal,* y por fin encontró el número once. Quiso asegurarse por última vez de que nadie lo hubiera seguido. La calle, muy estrecha, estaba desierta. Dos gatitos se disputaban un esqueleto de pescado frente a la puerta de Mohammed. El olor a podredumbre era fuerte. Tocó el timbre. Abrió Rahma y le hizo pasar.

Mohammed está arriba —le dijo—. Con Abdelkrim.

Ah —dijo sorprendido, aunque no tanto. De alguna manera había esperado encontrarlo allí.

Mohammed estaba sentado en la m'tarba debajo de una de sus pinturas (una abstracción de ojos y narices), descalzo y recostado contra la pared. Guardaba silencio y parecía que estaba muy cansado. Abdelkrim, alto y delgado, estaba de pie frente a él. Otro muchacho, más joven que Abdelkrim, imberbe todavía, estaba a su lado.

Salaam aleikum.

Aleikum salaam.

Le invitaron a sentarse. El más joven, que apenas le dirigió una mirada, salió de la salita para preparar el té. Vestía una camisa verde. Pero tenía el porte desgarbado del muchacho que le señaló Sultán.

¿Recuerdas a Abdelkrim? —le preguntó Mohammed.

Cómo no. Pero ha crecido tanto que, si no lo encuentro aquí, no lo reconozco.

Yo recuerdo que viniste aquí una vez para una fiesta. Una fiesta que mi padre dio para míster John. Era su cumpleaños.

Es posible. ¡De eso hará quince años! Tú tendrías solo cuatro o cinco.

Sí —dijo Abdelkrim—. Lo recuerdo muy bien. Este era el niño prodigio.

Es un honor conocerte —le dijo—. ¡El primer astronauta marroquí!

Mohammed, la cara tensa por la preocupación, miró al Mexicano. Movió negativamente la cabeza.

No le dieron la nacionalidad. No podrá ser astronauta.

¿Cómo?

Es demasiado musulmán, le dijeron.

¿Que qué? Pues mal. Muy mal. ¿Y entonces?

Pues nada. A tomar.

Abdelkrim habló después.

Mi padre te dio unas cintas y una memoria, ¿las tienes contigo?

Asintió. Indicó la espuerta, que había dejado junto al hueco de las escaleras.

Las cintas están allí. La memoria, aquí. —Tocó el bolsillo delantero de su pantalón.

Muy bien. Las cintas, ¿las has oído?

Claro.

¿Y la memoria?

Se la sacó del bolsillo.

Aquí está —dijo, y se la extendió.

Muy bien —volvió a decir Abdelkrim.

Solo pude descifrar las primeras.

¿Ah?

Abdelkrim miró a su padre.

Un amigo me ayudó con las cartas que están en dariya.

¿Un amigo? ¿Quién?

Explicó quién era Buyulud.

Ah —dijo Mohammed—, ese *djibli*.

Estuvo a punto de contarles lo que había pasado con el músico. Comenzó a explicar que en su PC no había podido leer la memoria, habló de su visita a la Legación. Le escucharon sin hacer interrupciones.

Singer leyó solo unas páginas —les aseguró—. ¿Las escribiste tú? Parecía impresionado. ¿Conoces a los imanes?

¿Qué computadora usaste? —quería saber Abdelkrim.

La de una amiga. Carrie. Me la prestó.

Mohammed hizo una mueca de asco.

David ¿usa PC? —preguntó Abdelkrim—. ¿Metió la tarjeta en su PC?

Creo que sí. Sí, la metió.

Muy bien —volvió a decir Abdelkrim.

Mohammed dijo no con la cabeza y se dirigió al Mexicano.

La Legación está llena de chivatos. Creí que tú lo sabías. Siempre estuvo llena de chivatos. No hay confianza. Con nadie, pero con nadie, amigo.

Él estaba de acuerdo; no sabía, en ese momento, en quién confiar. Dijo que temía que alguien lo estuviera vigilando, y decidió contar lo que había pasado con el músico.

Mohammed le dijo en dariya a Abdelkrim:

Tampoco en él hay que confiar.

Abdelkrim lo miró.

¿Puedes decirme cómo era ese que te seguía?

Misma edad, misma estatura que Slimane. Camisa amarilla.

Rahma apareció por las escaleras. Sin subir hasta el nivel de la sala, visible solo de cintura arriba, le dijo a Mohammed en dariya unas palabras que el Mexicano no comprendió.

¿Almuerzas con nosotros? —le preguntó después Mohammed.

Debía estar en el Ibn Batuta a las tres para tomar el avión a París, explicó.

Slimane te llevará. No hay problema.

V.

Abdelkrim entró en el cuarto que Mohammed usaba como estudio, cuya única ventana daba a la calle. Cerró la puerta y la sala se oscureció. Oyeron el sonido de un ordenador que se encendía. Slimane sirvió la segunda ronda de té.

Amigo —le dijo Mohammed después de un silencio prolongado (aunque alcanzaba a oírse a Abdelkrim que hablaba por teléfono detrás de la puerta en un idioma que él no comprendía)—, ¿no quieres fumar?

Por qué no —contestó sin pensarlo; fue un error: no necesitaba en aquel momento otro inductor de paranoia.

Mohammed se puso a preparar el *sebsi,* un viejo sebsi que hacía años que no usaba, dijo. Pidió a Slimane que le alcanzara su *motui.*

Un amigo me trajo este kif hace unos días —explicó Mohammed mientras abría el envoltorio de piel donde guardaba el kif—. Hacía mucho que no lo veía y él no sabía que dejé de fumar. *Hamdul-láh.* Huele muy bien. Prueba.

Recibió la pipa y Mohammed, ceremonioso ahora, encendió un fósforo y se lo acercó. Él fumó y retuvo el humo en los pulmones un momento, exhaló por la boca y luego por la nariz. El kif era excelente.

M'sien b'sef.

Abdelkrim volvió a la salita, se sentó a su lado, le dijo en voz baja:

Creo que alguien te está siguiendo, amigo. Alguien te siguió hasta aquí.

¿Cómo?

No lo sé. Pero están rondando la casa, y creo que es por ti.

Parecía imposible. Dijo:

Tomé todas las precauciones...

Abdelkrim se había quedado mirando la espuerta, que seguía junto al hueco de las escaleras. Dijo:

¿Puedo ver lo que llevas dentro? ¿No te molesta?

Revisó objeto por objeto. Apartó los casetes.

Estos —dijo sin dirigirse a nadie—mejor los guardo yo.

Abrió la computadora del Mexicano, le pidió que la encendiera.

¿Puedo?

El Mexicano asintió.

Abdelkrim se sentó junto al Mexicano y se puso un cojín en el regazo para acomodarse la computadora. Revisó el menú principal, hizo clic en dos o tres archivos (ítems recientes), la apagó. Parecía satisfecho.

No comprendo. ¿Qué pasa? —dijo el Mexicano.

Tu teléfono, ¿puedo verlo? —le preguntó Abdelkrim.

Se lo sacó del bolsillo, se lo entregó.

Abdelkrim lo examinó con cuidado, por delante, por los lados, por detrás. Lo apagó, le quitó la cubierta, extrajo la batería, la tarjeta SIM. Volvió a armarlo y lo devolvió al Mexicano.

Es mejor que no lo enciendas ahora, si no quieres que te controlen. Está completamente abierto —explicó—. Cualquiera podría intervenirlo. Cualquiera puede seguir tus llamadas, saber con quién y de qué hablas.

Muy bien —dijo el Mexicano.

Abdelkrim cerró los ojos, echó atrás la cabeza y volvió a abrirlos y dijo:

¿Qué vamos a hacer?

Slimane tenía la mirada clavada en el suelo junto a los pies del Mexicano.

Pues que le den mucho a este —dijo en dariya.

Hizo como si no hubiera entendido.

Pero, Abdelkrim, ¿por qué iban a seguirme? ¿Para qué?

Abdelkrim no respondió.

¿Por esas cintas, por esa tarjeta? —siguió diciendo el Mexicano.

Mi padre cometió un error al dártelas, es cierto —dijo Abdelkrim—. Yo tengo muchos enemigos.

VI.

Pensó: Todas las causas son válidas, los hombres las convierten en buenas o malas.

En dariya, Abdelkrim le dijo a Slimane:

Entra en el cuarto y reza.

Luego miró a Mohammed:

Padre, baja y come con Rahma. No nos esperen. Ya bajaremos.

El chico y el viejo obedecieron. Cuando estuvieron solos, Abdelkrim se levantó de la m'tarba y fue hasta la cómoda para tomar el control remoto de un monitor de televisión, que se encendió en un ángulo del techo de la sala; el Mexicano no se percató hasta entonces de que estaba allí. Pulsó unas teclas y el Mexicano clavó la mirada en la pantalla.

No fue un error, amigo. Todo está arreglado —le dijo Abdelkrim—. Fíjate bien. No volverás a ver imágenes así. Quizá nunca más. Ojalá nunca más.

Dos hombres de barba, la cara vendada, hablaban en árabe ¿sirio?, mirando a la cámara. Una voz de mujer traducía del árabe al francés, mientras dos líneas de subtítulos rodaban en la parte baja de la pantalla, una en árabe, la otra en inglés. La imagen cambió a una toma hecha en Somalia: dos soldados norteamericanos violaban a una niña somalí. Siguió una escena de torturas en Abu Ghraib, otra en Guantánamo. Luego —y esto aterrorizó aún más al Mexicano—, en la pantalla se vio una cárcel centroamerica-na («Reformatorio juvenil Las Gaviotas, Guatemala», decía el titular), donde unos presos amotinados consumaban un sacrificio humano: mientras daban brincos al ritmo de una banda satánica, le partían el pecho a un hombre sobre un graderío convertido en altar para sacarle el corazón. Abdelkrim comentaba, y la imagen iba cambiando de horror —una niña kurda daba testimonio de la serie de violaciones de las que había sido víctima (en el nombre de Dios)— en horror: en una playa mediterránea, un joven in-glés degollaba a otro joven australiano (rubio, de ojos azules) acusado de traición a la causa terrestre del Profeta...

Todas las mafias, las maras, los carteles, los Go-biernos; el Vaticano, los Patriarcas, los Ulema: todos eran tan buenos como malos...

El Mexicano, hipnotizado por las imágenes, ha-bía dejado de escuchar. Tenía las manos empapadas en sudor.

Sí —decía Abdelkrim—. Hemos tenido que convertirnos en agentes dobles. ¿Pero no me estás oyendo?

Se arrepintió de haber fumado kif.

¿Que qué?

Abdelkrim dijo:

Para comprender algunas cosas era necesaria esta operación. Tú eres escritor. Puedes entenderlo, tal vez.

Alargó una mano y le tocó el muslo al Mexicano. Esto lo paralizó. Asintió con la cabeza y el otro reti-ró la mano. La tarjeta de memoria estaba allí. Se la guardó de nuevo en el bolsillo.

Disculpa la desconfianza. —Ahora Abdelkrim sonreía. Apagó el televisor—. Confiamos en ti.

No hay problema —dijo él, aliviado—. Sigue.

Necesitamos que alguien escriba nuestra historia, aun si fracasamos. Sobre todo si fracasamos. ¿Quieres formar parte de nuestra red?

¿Yo? —dijo; pero era menos una pregunta que una exclamación, casi una protesta.

Trabajamos para los americanos, es cierto. En determinado momento hemos tenido que trabajar en contra de ellos. Y también para la ESA. Hoy pareceremos cómplices de ISIS, o de AQMI. Sí, como lo oyes, amigo. Todos tienen razón, para nosotros, y todos están equivocados. Los reyes, los presidentes, los que creen en el voto, los que no....

¿Quiénes son?

No tenemos nombre. No queremos tenerlo.

¿Quién los financia?

Abdelkrim se sonrió. Eso no podía revelarlo. Recibían donaciones, pero eran anónimas, dijo. Y voluntarias.

¿Son anarquistas?

Antiarmamentistas, sobre todo. El Estado, los Estados, son nuestro enemigo común. Claro. También lo es la ignorancia. Pero es cierto que hoy todos, o casi todos, somos muy ignorantes.

El Mexicano estaba confundido. Movió la cabeza dubitativamente.

¿Conoces la historia de los yazidi? Adoradores del diablo, les dicen sus vecinos musulmanes. Muy bien. Ellos lo niegan. La palabra diablo, o Satán, no existe, nunca existió en su lengua. No usan símbolos, ni tienen un libro sagrado, ni profetas. Eso es todo. Eso no justifica que quieran exterminarlos, ¿verdad? Nosotros creemos que no. Ellos creen que un día incluso Iblís, o el diablo, cuyo nombre no debe pronunciarse, ha sido ya o será (pues el tiempo no existe para Alá) perdonado. Tu Dios también es omnipotente, ¿cierto? ¿Por qué no iba a perdonar al diablo, al final? Todos podemos ver y comprender los ángulos del odio y del amor, del pecado y la virtud, de lo bueno y de lo malo, que son creaciones del hombre. Son nuestros. Podemos ver, por así decirlo, desde dentro y desde fuera del bien y del mal. Si lo intentamos.

Estoy —confesó— tarumba.

Ja, ja, ja, ja, ja —se rio Abdelkrim—. Entonces, amigo, algo has entendido.

Creo —dijo el Mexicano—, pero no estoy, no puedo estar seguro.

Sin saberlo, ya nos has ayudado. Con escuchar esas cintas, con intentar descifrar esa tarjeta. Hemos infectado a nuestros enemigos, que están en todos lados. ¿Tu avión se va a las cinco? Vamos. Tenemos poco tiempo. Luego te explico —le dijo Abdelkrim.

Bajaron al comedor.

VII.

Durante el almuerzo, Abdelkrim contó cómo él y su red habían rescatado a un centenar de vírgenes en Siria, y para poder hacerlo algunos de ellos se habían hecho —se habían tenido que hacer— cómplices de ISIS. Por otra parte, otros miembros de su organización habían actuado como intermediarios en la venta multimillonaria de una serie de manuscritos maniqueos del siglo VIII, y de esa manera, de nuevo, habían ayudado a enriquecer y a hacer poderoso a un grupo extremista israelí... Los ejemplos podían multiplicarse, aseguró Abdelkrim. Niños huérfanos explotados aquí, mujeres violadas allá, enfermos de enfermedades que estaban todavía por venir, aun animales en peligro de extinción y un etcétera muy largo, dijo mientras almorzaban.

¿Y por qué no tienen nombre? —quiso saber él.

No somos políticos —fue la respuesta del marroquí.

La voz de Rahma llegó desde la cocina, incomprensible para él.

Abdelkrim pidió té.

Un momento —dijo el Mexicano—. ¿Qué pasará con Buyulud? ¿Lo sabes?

¿Tu amigo músico? No te preocupes.

Pero me preocupo.

Abdelkrim cerró y abrió los ojos.

Tienes mi palabra —dijo—. Va a estar bien. En su momento te daré una prueba.

¿Quién fue?

AQMI.

¿La Al Qaeda del Magreb?

Sí. Allí también tenemos amigos, *jay*.

VIII.

Subieron a la salita. Abdelkrim dio dos palmadas fuertes y llamó:

¡Slimane!

Slimane salió del estudio de Mohammed. Estaba pálido. Cual masturbador sorprendido, pensó el Mexicano. El muchacho dijo:

Jay, estamos rodeados.

Abdelkrim le dijo al Mexicano:

No te preocupes. Todavía no es la hora. —Miró su reloj. (Eran pasadas las dos.)

Pensó: Voy a perder mi avión.

Como si le hubiera leído el pensamiento, Abdelkrim repitió:

No te preocupes. Si contamos con poder suficiente para cambiar el mundo, más vale que podamos retrasar un avión.

No sé —dijo él.

Sin decir nada más, Abdelkrim bajó las escaleras. No se detuvo en el comedor sino que siguió hasta el piso principal. Slimane volvió a entrar en el estudio y el Mexicano se sentó en una m'tarba. El hábito pudo más que la razón, y se preparó otra pipa de kif.

Abdelkrim volvió a subir unos minutos más tarde, y pronunció en voz baja estas enigmáticas palabras:

La muerte de una persona en esta casa va a salvarte.

Luego gritó:

¡Slimane! —y en dariya—: Baja y habla con mi padre.

Slimane salió del estudio y bajó a reunirse con Mohammed.

En la casa de los Zhrouni, en el piso principal, vivían unos familiares de Rahma, de origen djebala, comenzó a explicar Abdelkrim.

Hace un momento —dijo en voz muy baja— la hija mayor, que tenía quince años, se ha suicidado. La ultrajaron ayer. Hoy se colgó. Pobrecita. Seguirá colgando en el infierno. Pero su muerte te ha salvado.

Según el rito marroquí, cuando ocurre un deceso el enterramiento ha de llevarse a cabo el mismo día, antes de ponerse el sol. La noticia de la muerte de la muchacha se había difundido rápidamente, y ya las callecitas alrededor del número once comenzaban a inundarse de gente.

El cuerpo sería llevado a la mezquita de Suani, donde los hombres rezarían en nombre de la muchacha, mientras familiares y amigas y otras mujeres del barrio aguardaban. Pronto el cortejo fúnebre marcharía al cementerio *Al Muyahidín,* a poco más de un kilómetro de Suani. Abdelkrim volvió a bajar y el Mexicano oyó que hablaba con Rahma y con Mohammed. Debían esperar, le pareció que decían.

A eso de las tres, un griterío se alzó desde la calle. *Ya perdí el avión,* se decía a sí mismo el Mexicano. Entró en el estudio para mirar a la calle por la ventana.

Una muchedumbre hecha casi solo de mujeres se había reunido (peligrosamente, pensó) en la callecita que descendía y que parecía que ya no podía contener más gente. Un mareo, un miedo irreprimible se apoderó de él. Eso no era, no podía ser el kif, se dijo a sí mismo, consciente de que estaba desmayándose. Su cabeza golpeó el suelo tapizado de alfombras del estudio de Mohammed. *Hamdul-láh!* —oyó una voz muy en su interior.

Poco después los hombres salían de la casa de Mohammed con ambos cuerpos, confundidos el uno con el otro, envueltos en un sudario blanco. Bajaron a la calle entre oleadas de ululaciones. Y el cortejo se puso en movimiento a paso muy rápido, dando gritos y palmadas.

Joyride

I.

Cuando recobró la conciencia estaba de pie en medio de una calle populosa. Ligeramente curva y entre edificios de cinco o siete pisos, descendía de manera casi inadvertida. Los letreros, que se disputaban entre sí el espacio visible, estaban escritos en caracteres árabes y latinos, y eran incomprensibles todos.

Caminaba despacio, con aturdimiento, como un hombre que ha bebido demasiado, pero él no recordaba haber bebido nada en absoluto. Se detuvo en una esquina, buscó el nombre de la calle. «*ISTIKLAL*», decían unas letras doradas sobre una placa de cerámica. (Istiqlal quería decir independencia, recordó.) ¿Por qué con k en lugar de con q? ¿Esta no era, pues, la avenida Al Istiqlal de Tánger?

Sin pensarlo, confundido entre el presente y el pasado, introdujo una mano en un bolsillo de su pantalón. Era un pantalón muy holgado, de lino grueso. El bolsillo era profundo y se ensanchaba hacia el interior. Con dos dedos, extrajo un papel doblado en cuatro, cubierto con una letra muy pequeña y apretada, una letra reacia a los rasgos curvos, la letra de una mano ¿femenina? acostumbrada a otro alfabeto, pensó. «*Take funicular to Karaköy. Ferry to Üsküdar. Enter Semsi Ahmet Pasha mosque. (Approach camera.) Sirkeçi train station at 5 p. m.*» Del otro bolsillo sacó un billete viejo de cincuenta liras turcas. ¡Estaba en Estambul!

Sintió un temblor en todo el cuerpo, un fuerte mareo. Calle abajo, la sombra de un pasaje que descendía a la derecha lo atrajo y anduvo en línea recta hacia el fresco. Bajó unas escaleras de mármol combadas hacia el centro por generaciones de pasos humanos. Se sentó en un cafetín turco con una terraza muy angosta y pronto un mozo fue a atenderlo. Sonreía bajo abundantes bigotes negros; su buen humor parecía irreprimible.

Café —pidió.

Turkish?

Yes, Turkish, please.

Con el talco del café en el paladar, un recuerdo cristalizó de pronto en algún meandro de su cerebro. ¿O no era un recuerdo?

Se vio a sí mismo en la imaginación envuelto en grandes toallas húmedas y blancas. ¿O era otra cosa aquella membrana que lo envolvía de pies a cabeza? Estaba tendido de espaldas sobre una plancha de mármol caliente. Tenía los ojos abiertos. Veía una cúpula enorme que tenía agujeros en forma de estrellas y círculos, y más allá de la cúpula estaba el color del cielo del anochecer. ¿Un mausoleo hexagonal? Manos firmes y expertas le lavaban el cuerpo. Se sintió voluptuosamente transportado hacia atrás en el tiempo. (Las manos lo redujeron a una postura fetal.) Era un recién nacido que recibía su primer baño. El agua tibia se deslizaba sobre su cabeza, sus hombros, su espalda. Las manos lo extendieron boca arriba sobre el mármol. Y ahora sintió que era un anciano, que ya estaba en el futuro, que ya estaba muerto; esta era su última ablución. ¡Pero sin duda era un recuerdo! Sentía todavía cómo aquellas manos respetuosas, reverentes, lo habían lavado como si fuera la última vez.

Bajó la mirada a la palma de su mano. Una moneda turca. Signos, palabras extrañas. La cifra: 3,50. Ahora manos y cuerpos lo estaban empujando hacia adelante. Se vio obligado a pasar por una puerta de hierro giratoria (Una válvula, pensó) que no le dejaría volver atrás.

Estaba en la proa de un ferri moderno, semiesférico, que le recordó un vetusto modelo de platillo volador. Se mecía suavemente sobre el zafiro líquido del Bósforo, ¿o estaban en el Cuerno de Oro? Una mujer envuelta en un caftán negro, la cabellera recogida con un pañuelo color salmón, los ojos ocultos tras lentes de sol como espejos, pasó deprisa a su derecha, le dio un pequeño empujón. Pronunció unas palabras ásperas que él no comprendió. ¿Un insulto turco? Eran las tres cuarenta y cinco, vio por el reloj de pulsera, enorme, de un hombre alto y obeso que hablaba por teléfono a su izquierda. La masa de la mano que sostenía el celular, cuya muñeca ostentaba un Weekender negro, habría alcanzado para moldear dos o tres de las suyas.

Una brisa fresca soplaba desde el Sur y las crestas sobre las pequeñas olas comenzaban a proliferar.

Üsküdar, Üsküdar —se oía aquí y allá. Un grupo de turistas atolondrados subieron entre risas al ferri para agruparse a pocos pasos de él junto a la barandilla. En medio del grandioso paisaje de alminares puntiagudos como lápices y abultadas cúpulas, una torre circular hacía brillar la aguja de oro de su corona romanesca en el sol amarillo de la tarde. Y varias banderas rojo sangre ondeaban sobre las casas en las colinas, sobre los árboles de los parques y sobre el agua, mientras las gaviotas iban y venían y lanzaban sus gritos desesperados al aire azul.

¿Adónde vas?

Un joven turco, demasiado sonriente, estaba recostado en la barandilla entre él y los turistas.

A la mezquita.

¿La mezquita de Sinán?

Asintió.

¿Argentino?

Prefirió guardar silencio.

¿No quieres compañía?

Gracias. No.

El joven, irritado, se apartó de la barandilla y entró en la cafetería del ferri, donde la sombra se lo tragó. El ferri se desplazaba velozmente sobre el agua. Los grandes cruceros europeos anclados a las orillas del estrecho —*Queen Victoria, Norwegian Spirit...*— iban quedando atrás. Las casas del barrio de Pera, más allá de los barcos, bostezaban en el resol de la tarde.

Era un mundo caótico y él estaba en el centro del caos —pensó: *Aquí, ahora*—, mientras el viento le alborotaba la cabeza y el agua se partía bajo la doble quilla del ferri turco. Las banderas rojas ondeaban por todas partes.

El ferri viró y perdió velocidad. La más pequeña de las mezquitas de Sinán estaba frente a él, del otro lado de la avenida, más allá de las dársenas, una majestuosa cúpula gris pálido. Cuando el ferri tocó la orilla cuatro o cinco gaviotas se cernían en el aire sobre las cabezas de los pasajeros. Un cuervo pasó volando entre las gaviotas, que se dispersaron, y trazó una línea recta en dirección a la mezquita. Detrás del ferri, y muy próximo, un buque de carga vacío —la línea de flotación se veía *demasiado* alta, pensó— hizo sonar su potente sirena. Leyó, muy por encima de su cabeza, debajo de un ojo egipcio, el nombre «Asir». Sintió un ligero vértigo. Todo parecía demencial. Las placas de la mezquita, color turquesa con letras doradas, brillaban como joyas del otro lado de la calle. Estaban en la orilla asiática.

Descalzo bajo la maravillosa cúpula de la mezquita, se arrodilló, imitando a dos musulmanes postrados en oración frente a un mihrab; su frente tocó la alfombra roja de los fieles cuatro o cinco veces. El aire fresco era aire acondicionado, y esto le sorprendió. Cerca de la entrada había un panel con numerosos monitores de vigilancia. Encaró una de las cámaras, que parecía que cubrían cada rincón de la mezquita. Nadie se le acercó, nadie le dirigió siquiera una mirada.

De vuelta en Sirkeçi entró en la sala de espera de la antigua estación de tren, donde varios hombres de barbas espesas y cabezas rapadas estaban preparando un espectáculo de derviches giratorios. Cerca de un quiosco de revistas un hombrecito le dio un panfleto con información sobre los próximos *semas*. Detrás del panfleto leyó, escrito en letras toscas (marcador amarillo): *«Back to Pera by tunnel. Drink at Pera Palace»*.

Esta parte de la ciudad, con sus callecitas inclinadas, le hizo pensar en San Francisco. Estaba, ahora, en la calle llamada Istiklal. No tardó en encontrar el Pera Palace Hotel.

En la terraza, que parecía desierta, se sentó en una de las mesas centrales, mirando a Oriente, donde la mole del Hotel Mármara bloqueaba la vista del cielo. En una de las ventanas francesas del noveno o décimo piso un hombre (alto, delgado, de traje gris) consultaba su reloj mientras mantenía una conversación telefónica. En ese momento miró a la terraza, desde donde estaba siendo observado. El hombre del teléfono retrocedió para perderse de vista. Eso le pareció natural. Al dorso del recibo del bar, leyó: «*Özkaya museum at 7*».

II.

Al final de la calzada que conducía al majestuoso museo en lo alto de la colina estaba una mujer vestida de blanco, los hombros y los brazos desnudos. No parecía, no podía ser la anfitriona; ¿pero lo esperaba a él? Alta, esbelta, una cabellera castaña caía sobre sus hombros; le hizo pensar en una de las cariátides del Erecteón. Lo estaba esperando, porque cuando estuvo a dos o tres pasos le tendió la mano. Sus ojos eran grises y luminosos y lo dominaron.

Llegas a tiempo. Muy bien. Hay unas personas que tienes que conocer.

Su voz era familiar, pero ¿no la conocía? A su edad... La mujer caminaba con cierta prisa. La siguió por un caminito de grava blanca, por un césped esponjoso, hasta una terraza muy amplia, donde la gente festejaba. Un conjunto musical interpretaba música italiana. La cantante iba muy bien con el decorado: un set para una película de espías.

Todo, pensó (o recordó), ha sido arreglado.

Se sintió cómplice de todo y al mismo tiempo irracionalmente feliz. Olió por primera vez el perfume de la mujer cuando ella se detuvo al lado de un pequeño grupo de gente y le dijo al oído: *Te voy a presentar.*

Su boca se cerró y no atinó a decir nada. Asintió.

Su apellido no era Rubirosa; era un malentendido. Iba a hacer la aclaración, pero ella le lanzó una mirada y él calló.

Un hombre mayor y una cabeza más alto que él le dijo:

¿Un escritor? —Le apretó la mano y agregó—: ¡Necesitábamos uno! —Su voz suave, asedada, parecía también franca—. ¡Gracias, Nada, por traerlo!

Nada. ¿Era solo un nombre de guerra, igual que Rubirosa?

Xeno lo recomendó, y yo tuve la suerte de encontrarlo —dijo ella, y él se hinchó de alegría al ver que lo decía con aparente orgullo; la causa del orgullo era él. Se rio luego, con bastante retardo. Les dio la mano a una princesa griega y a un coleccionista francés y luego ella lo tomó del brazo para sacarlo del pequeño círculo y proseguir con lo que parecía ser su programa.

No, stanotte amore
non ho più pensato a te.

Algunos te han leído —le dijo de nuevo Nada al oído, y de nuevo su perfume lo abstrajo de lo que oía y veía. La voz baja de ella (Te subí a internet, con artículo de Wikipedia y todo, es seguro que algunos te han googleado), la música *(Gira, il mondo gira / nello spazio senza fine)*, un desfile de ciudadanos elegantes con su lujo y sus joyas; eso era la decoración. La esencia del drama estaba en ella. *(Con gli amori appena nati, / con gli amori già finiti...)* Otras rondas de presentaciones siguieron en la terraza. Un científico y coleccionista de arte bizantino; un astrónomo indio; la heredera de una célebre fortuna austriaca; un duque inglés; un magnate egipcio convertido a la filantropía durante la crisis de los refugiados sirios; un multimillonario norteamericano; otro mexicano..., todos estaban allí.

Ahora los músicos interpretaban un tango francés de entreguerras. «Como bienes de difunto», recordó; la melodía era una simple variación.

Las cejas pobladas y bien definidas de la mujer se arqueaban sobre su frente, luminosa, y su nariz, demasiado grande, la elevaba por encima de la belleza. Se detuvo ante un arco entre columnas dóricas: la entrada a otra galería del vasto museo. Leyó: «SEA: Espadas en arados; misiles en satélites».

¿Sea? —dijo.

Space Era Art —explicó ella—. Vamos.

¿Qué importaba quién era en realidad, o cómo se llamaba, qué hacía y de dónde provenía? Andaba dos o tres pasos detrás de ella, en la estela de su delicado olor, que si no lo embriagaba ¿qué era lo que hacía? Había oído hablar de perfumes que contienen alguna droga, alguna hormona. El de ella debía de ser uno de tales, pensó. ¿Qué importaba? Él iba, feliz, de un lado para otro al lado de una mujer perfecta, que lo mostraba al mundo con orgullo. ¿Qué más podía desear? La deseaba a ella. Quizá esto no iba a durar mucho, reflexionó. ¿Importaba? ¡No! Lo haría durar todo lo que pudiera. En la medida de sus modestas posibilidades, lo haría eterno. Tomó una copa de vino tinto que le ofrecía una joven camarera con modales de artista de cine, y se propuso beber muy lentamente.

III.

Este señor es Pontekorvo —dijo ella—. Nick. Un viejo amigo. Uno de mis mejores amigos.

¿Rubirosa? ¿El escritor?

Un triángulo de miradas cómplices.

A veces —dijo él, y Pontekorvo se rio. ¿Él lo sabía todo? Probablemente.

Brilliant —dijo Pontekorvo con voz grave, y miró a su alrededor—. *Brilliant.*

Él no supo qué decir. Ella:

Todos están aquí —pero ahora parecía más bien preocupada.

Xeno quiere hablarte —le dijo el aventurero griego, y miró al umbral de una puerta a la derecha detrás de él—. Anda por ahí.

¿Xeno? Muy bien. —Lo tomó de la mano—. ¿Seguimos?

Él volvió a asentir, envuelto en la esfera de luz perfumada que parecía emanar de la mujer, de su largo vestido blanco, que ella recogía con ambas manos al subir o bajar las escaleras para mostrar sus tobillos. Siguió andando detrás de ella. (Una línea bajaba de sus hombros a su cintura y oscilaba con su andar.) Atravesaron el umbral y descendieron por una amplia escalera curva hacia un vestíbulo mucho más espacioso que el que le precedía. Aquí había más comida y bebidas, y una tropa de camareros y camareras iba y venía entre la gente. Un letrero luminoso volvía a anunciar: *SEA*.

Una mujer de vestido azul y plata era, aquí, el centro de la atención. Un semicírculo de invitados gravitaban a su alrededor para escucharla.

Ella le dijo al oído:

Es ahijada del dueño del museo, y la directora. Luego te la presento. Pero ella a mí no me quiere. Es rica, riquísima. Pésimo gusto.

Era más alta y más rubia que ninguna y su arrogancia era un desafío general. Él se atrevió a decir:

No quiero conocerla, entonces.

Ella se sonrió.

¿No? Es la autoridad en antigüedades iraquíes. En los sótanos del museo tienen las bodegas. Están llenas, y misteriosamente, o no tanto, las obras siguen llegando. Pero sigamos. Tenemos que encontrar a Xeno.

¿Quién es Xeno? —quiso saber.

Estaban en un salón desierto, de techos altísimos. En una pared colgaban obras contemporáneas: cuadros abstractos elaborados con distintas clases de telas y fibras metálicas.

Tapicería cara —comentó ella—. Nada más. Y camuflaje —agregó en voz muy baja.

En medio de la sala había esculturas hechas de alambres y tubos de todos los calibres. Algunas recordaban enormes panales retorcidos o redes de vasos sanguíneos; otras, órganos de viento o complejos tubos de escape. Los intestinos de un gigante, pensó.

Atravesaron una sala rectangular que contenía una instalación titulada *Cantera negativa,* que recordaba la obra de Lee Bul, la escultora coreana. Había piezas colgantes como enormes candelabros de aluminio, cadenas de varios grosores, espejos...

¿De dónde sacaron todo esto? —preguntó. Se habían detenido a contemplar una vasta tela de oro, un poco deshilachada, y, enmarcada por la tela, una serie de tablillas de cerámica que podrían servir para formar un yelmo gigante.

No importa de dónde lo sacaron, sino adónde lo quieren llevar —bromeó ella enigmáticamente. Y, señalando una torre de fibra de carbono que llegaba hasta el techo, agregó—: Esto es de un poeta que se cree escultor.

Una enorme esfera de acero, en la que ambos aparecían reflejados, muy reducidos, le llamó la atención. ¿Desde cuándo tenía el pelo gris? La esfera tenía abollones aquí y allá. Se llamaba *La Luna.* Del otro lado de la luna, un monolito negro recordaba las fantasías más bien realistas de Arthur C. Clarke. Al pie, en una plaquita, decía: AL DIOS DESCONOCIDO —como en algunas ofrendas de la antigüedad—, 2016.

¿Qué hace Nick? —se animó a preguntar.

Ciencias informáticas. Dirigió un laboratorio en el MIT. Lo sabe todo, o casi, acerca de cables, cohetes, satélites. El eslogan, «Misiles en satélites», no es suyo. Lo plagió del autor de *2001,* o eso dice él. Es buzo también. ¿Sabes quién es Alan Bond? Aseguraba haber descifrado una tablilla de barro asiria del 700 antes de Cristo. Decía que un asteroide que chocó con la Tierra causó grandes inundaciones en el

Tirol*. Él lo relacionaba con la destrucción de Sodoma y Gomorra. Su último proyecto es el Skylon, un nuevo modelo de nave espacial que hará los vuelos diez veces más baratos de lo que son ahora.

¿Viste esa película, *Gravity*?

Ella no se dignó contestar.

Entraron en un corredor, un túnel: en el fondo había una gran compuerta de metal. La compuerta se abrió y ella se detuvo y lo invitó a pasar.

¿Me esperas aquí?

¿Adónde vas?

Ya regreso. Adelante.

La compuerta se cerró con un zumbido eléctrico y de pronto se produjo una oscuridad total. Cuando volvió la luz estaba solo en una especie de vasto planetario. Vio por encima de su cabeza el firmamento lleno de estrellas. Comenzó a oírse una voz que recitaba, y reconoció la cadencia, el acento porteño. Era un fragmento (sin duda deformado) de «El Aleph». Decía: «Vi en un gabinete de Alkmaar un globo terráqueo entre dos espejos que lo multiplicaban...».

La cúpula del planetario se transformó en el observatorio de un astrónomo. En el centro de la semiesfera donde se encontraba, vio un pequeño cohete en el acto de ser erigido con cables de acero. Ahora la cosa le pareció una payasada. La escafandra del personaje que se aproximaba no podía ser la de un traje espacial.

Era Abdelkrim, que dijo *Salaam aleikum* desde el otro lado del vidrio, que recordaba una máscara de buzo. ¿Estás ahí?, tuvo el impulso de preguntar. Dijo:

---

* En el año 3123 antes de Cristo. *(N. de la E.)*

Sabía, de alguna manera, que estarías aquí.

Detrás de Abdelkrim estaba Xeno.

La voz de Borges dejó de sonar.

Es la señal.

Cuál señal.

Que ya no habrá señal. Mira.

Xeno le mostró la pantalla de su iPhone.

Nada.

Lo invitaron a montar en el cohete, que estaba ya en un ángulo de sesenta grados.

Vamos.

¿Y qué pasó con Buyulud? —quiso saber de pronto, con un recuerdo brusco, y se detuvo.

La mano enguantada de Abdelkrim le apretó el brazo.

Está bien. Vamos.

¿Puedes darme una prueba? —Decidió resistirse.

Tienes mi palabra, amigo.

Xeno negó con la cabeza.

No tuvo suerte —dijo—. No era nuestra intención. AQMI los soltó. Pero luego los americanos lo agarraron.

Está bien. Fue por Alá —concluyó el marroquí.

Driss, el otro hijo de Mohammed, apareció a un lado de la nave. Tenía un gran cangrejo mecánico en una mano, y vestía overoles blancos, inmaculados.

¿Tienes miedo?

¿Dónde estaba ella?, se preguntó.

Xeno, que, viéndolo bien, se parecía mucho a la mujer, le dijo:

IV.

¿Joyride?

Pueden porque creen poder, pensó. Se daba cuenta de que lo habían utilizado.

¿Por qué a mí? —dijo en voz baja.

Ella movió la cabeza. ¿Pero de dónde había salido?, se preguntó a sí mismo.

Parecías predestinado —le dijo ella—. Tu pasaje por Marruecos. Y ese artículo, «Fábula asiática», sin duda ayudó.

¿Predestinado?

¿No ves por qué?

Tal vez —dijo, no del todo convencido—. ¿Y si no hubiera funcionado?

Esa, querido —respondió ella—, es una pregunta inútil.

Comenzó a sonar una sirena, no muy fuerte.

Mejor nos apuramos —dijo ella—. No hay que olvidar que a ti te están buscando.

¿Me buscan?

Desapareciste en Tánger.

¿Quiénes me buscan?

Mucha gente. Los amigos de Singer, los barbudos, tu exesposa, tu ahijada.

¿Por qué?

Cada cual tiene sus razones. Infectaste, o ayudaste a infectar, toda la red, para comenzar. Internet se cayó prácticamente, o comenzó a caerse, y sigue cayendo todavía, después de que metieras la memoria de Abdelkrim en esos PC.

¿De verdad?

Bad, *very bad* code. Diseñado en el MIT. Genial, eso —dijo ella.

¿Cómo vine aquí?

En yate, *darling*.

¿Desde Tánger?

Ella asintió.

Lástima que no pudieras ver el paisaje —dijo.

¿Te parece divertido?

Es cuestión de tiempo —dijo ella—, como casi todo. Ya podrás reírte tú también.

¿Cuándo vine?

Hace apenas medio día.

Pero, pensó, ahora tenía el pelo gris; no recordaba haberlo tenido gris en Tánger. *Canities subita*? ¿Otra forma de camuflaje; parte de su nueva identidad?

Estaban frente a la nave. En un costado se leía, en diagonal, el nombre «OSIRIS».

Está hecha a escala. Con motores SABRE y todo. ¿Que si puede volar? Se supone que puede elevarnos a treinta y seis mil kilómetros, y todavía un poco más. —Se rio ¿con picardía?—. Es un Skylon compacto, si quieres. ¿Te suena? Una escultura de aluminio, de unos noventa metros de altura, tal vez más, que levantaron a orillas del Támesis. Pero yo hablaba de la nave, querido. Powell y Moya, los arquitectos, estarían muy orgullosos. Bond bautizó a su bebé en honor al de ellos.

Ridículo —dijo él.

Pues sí.

¿Esto es arte? Estamos en un museo de arte, ¿no?

Como arte en sí, desde luego, no sé qué pensar. Pero yo creo que es también otra cosa. Hay un mensaje.

¿Cuál mensaje?

¿Subimos?

Comenzaron a subir una escalerilla de aluminio por un túnel entre los propulsores, los intestinos de la nave.

Es un juego —dijo ella.

¿De qué se trata?

Descolocar unos cuantos satélites —explicó—. Un juego de niños.

Entraron incómodamente por una escotilla. El interior parecía primitivo. Los cables de control y las mangueras de aire estaban expuestos y apenas había espacio para dos asientos reclinables.

¿Vamos a volar?

Pues claro.

¿Quién conduce?

Un piloto automático hará casi todo el trabajo. Abdelkrim tendrá que oprimir un par de botones, para el despegue y el regreso, nada más.

¿No lo expulsaron de la NASA?

Et bien voilà.

V.

¿Y los trajes? —preguntó, medio en serio, medio en broma, antes de sentarse.

Nos elevaremos a una velocidad final de diez kilómetros por segundo. Saldremos de la atmósfera y continuaremos hasta superar la órbita donde flotan casi todos los satélites que debemos... neutralizar. —Miró su reloj de pulsera—. Entre cien y cincuenta horas de viaje, en total. ¿Ah? Aquí están los trajes. Pesan mucho. Ni tú ni yo estamos entrenados. No te preocupes. Puedes ponerte pañales. Aquí los tienes. Claro, puedes desnudarte, no voy a mirar. Cuando pasemos los cien kilómetros de altura, o sea, pocos minutos después del despegue, te sentirás mejor. Pesarás menos. ¿Sigo?

No era fácil sacarse los pantalones en aquella posición —la posición del rey Pacal de Palenque, pensó, el cosmonauta maya—, con el asiento completamente reclinado, pero ya estaba consiguiéndolo.

En realidad, no hay reglas —siguió ella.

Claro —atinó a decir.

Los satélites compiten por el espacio a altas velocidades, por lo que la forma más rápida, aunque sucia, de suprimir uno es simplemente lanzar algo en el espacio para ponerlo en su camino. Incluso el impacto de un objeto tan pequeño como una canica puede desactivar o destruir un satélite de mil millones de dólares...

¡Perfecto! —exclamó él.

Se podría generar una reacción en cadena que transformara la órbita de la Tierra en un derbi de demolición —explicó ella mecánicamente, mientras acababa de abrocharse el traje.

Él dejó salir un chorrito de orina tentativo; no sintió ni frío ni calor. Lo soltó todo, con gran placer.

Una vez neutralizados los satélites —decía ella—, transmitiremos nuestro mensaje. Nick y otra parte del equipo están ocupándose de los cables transoceánicos y de AT&T, GAFAM (Google, Amazon, Facebook, Apple, Microsoft) y sus rivales, que son el gran enemigo en ese aspecto. Enemigos a sueldo, como casi todos los servidores. Les pagamos para que nos espíen, ¿no? Pero ese es otro capítulo. Cuando hayamos terminado la tarea, volveremos a la isla de Leros a socorrer migrantes, que no paran de llegar, a pesar de las nuevas leyes. ¿Te parece? Nadie nos buscará allí. También podríamos ir a Qamishli, la capital secreta de los kurdos, en los montes Tauro, si lo prefieres. O a Lalish, el santuario de los yazidi, en las llanuras de Nínive...

No creía una sola de aquellas palabras, pero dijo:

Me parece muy bien.

Podríamos fracasar. Pronto lo sabremos.

Estaban sentados, hombro con hombro, en la pequeña cabina de la nave hecha a escala, cada quien viendo el cielo estrellado por su propia portilla.

¿De quién huyo? —insistió.

Ella se volvió en el asiento para mirarlo. Se rio.

¿Pero quién crees que eres?

Soy, pensó, un cautivo.

Nada —dijo—, nadie.

Se sintió un temblor que no era la tierra moviéndose, sino la nave que despegaba. Cerró los ojos. Los abrió. Ella todavía estaba allí. Todo estaba bien.

En la terraza del magnífico museo las miradas de todos —asiáticos, europeos, africanos, americanos y quizá también oceánicos— fueron fijadas por un suceso extraordinario. La nave, pequeña como una avioneta, volando hacia lo alto, pareció inflamarse en el aire y trazó un surco de llamas que se desvanecía en el espacio, a la manera de una estrella fugaz, arrastrando detrás de ella una larga cabellera luminosa. Todos exclamaron. Exultante, Xeno se volvió hacia Nick, que miraba el cielo con una flauta de champán en una mano, y lo abrazó con gozo —como Eneas había abrazado a Acestes, escribiría meses más tarde, en paz (sin teléfono, sin internet), en Patmos, el afortunado Mexicano, cuando ya los horrores y portentos narrados aquí se habían convertido, momentáneamente, en cosas del pasado.

Agradecimientos

Debo la escritura de este libro a la hospitalidad de mis amigos: Claude Thomas, Cherie Nutting y Mohammed Mrabet, en Tánger; Alexis Protonotarios, en la isla de Sifnos; Xenia Geroulanos en Patmos y Ergin Iren en Estambul. Va mi gratitud también a mis lectores de Indias —mi hermana Magalí, Alexandra Ortiz, Guillermo Escalón, Horacio Castellanos Moya—, y a Eduardo Rubio, el primer astrofísico guatemalteco, quien me ilustró acerca de los Puntos de Lagrange y otros asuntos siderales. Agradezco asimismo a mis pacientes editoras, María Fasce y Lola Martínez de Albornoz, y a mis agentes, Jessica Henderson y Cristóbal Pera, por sus consejos y comentarios.

Este libro se terminó
de imprimir en
Móstoles (Madrid),
en el mes de
noviembre de 2016